返り討ち

剣客太平記

岡本さとる

時代小説文庫

角川春樹事務所

目次

主な登場人物紹介

峡《はざま》　竜蔵《りゅうぞう》◆三田に師・藤川弥司郎右衛門近義《ふじかわやじろうえもんちかよし》より受け継いだ、
直心影流の道場を持つ、若き剣客。

竹中庄太夫《たけなかしょうだゆう》◆四十過ぎの浪人。筆と算盤《そろばん》を得意とする竜蔵の一番弟子。

お才《さい》◆三田同朋町に住む、常磐津の師匠。竜蔵の昔馴染み。

綾《あや》◆藤川弥司郎右衛門近義の高弟・故 森原太兵衛《もりはらたへえ》の娘。

赤石郡司兵衛《あかいしぐんじべえ》◆直心影流第十一代的伝《てきでん》。藤川弥司郎右衛門近義の高弟。

眞壁清十郎《まかべせいじゅうろう》◆大目付・佐原信濃守康秀《さはらしなののかみやすひで》の側用人。

神森新吾《かみもりしんご》◆貧乏御家人の息子。竜蔵の二番弟子。

清兵衛《せいべえ》◆芝神明の見世物小屋〝濱清《はませい》〟の主。芝界隈の香具師《やし》の元締。

網結《あみすき》の半次《はんじ》◆四十絡みの目明かし。竜蔵の三番弟子。

峡　虎蔵《とらぞう》◆竜蔵の亡父。河豚《ふぐ》の毒にあたり客死。
藤川弥司郎右衛門近義の高弟であった。

志津《しづ》◆竜蔵の母。竜蔵十歳の時、虎蔵と夫婦別れ。

中原大樹《なかはらたいじゅ》◆国学者。竜蔵の祖父。娘・志津と共に学問所を営む。

返り討ち

剣客太平記

第一話　竹光継之助

一

盂蘭盆会《うらぼんえ》も過ぎ、後は涼しくなる時節を待つばかりとなったある日のこと。

峡竜蔵《はざまりゅうぞう》は、かつての剣の兄弟子・森原太兵衛《もりはらたへえ》の忘れ形見・綾《あや》と連れだって、下谷《したや》にある藤川《ふじかわ》道場を訪ねた。

故・藤川弥司郎右衛門《やじろうえもん》の内弟子であった竜蔵にとっても、母と早くに死別した後、父・太兵衛と共にここで暮らした綾にとっても、藤川道場は実家のようなもので、二人共、時折は顔を見せるようにしていたのであるが、

「それぞれ行かずとも、お訪ねする時は一緒に顔を出せばよかろう……」

現在、綾が寄宿している学問所の師範である竜蔵の祖父・中原大樹《なかはらたいじゅ》の意を受け、二人揃《そろ》っての訪問となったのである。

竜蔵と綾を一緒にさせたい大樹にしてみれば、少しでも二人が共に時を過して、互

いの想《おも》いが深まることを期待しての図らいであるが、綾はその意図を解して少しばかり頬《ほお》を赤らめたものの、

「はッ、はッ、それはよろしゅうございますな。どうも藤川道場へ行くのは敷居が高い……。綾坊が一緒なら気が楽だ……」

竜蔵の方はまるで意に介さず、大樹を大いに失望させて今日を迎えたというわけだ。

弥司郎右衛門亡き後の藤川道場は、弥司郎右衛門の跡を継ぐはずであった娘婿の次《じ》郎四郎《ろうしろう》の早世によって、孫の弥八郎《やはちろう》が継いだのであるが、弥八郎はまだその折は十一歳の幼年で、今は弥司郎右衛門の高弟・赤石郡司兵衛《あかいしぐんじべえ》が、自身の車坂の道場を指導しつつ、弥八郎の後見をしている。

この日、郡司兵衛は藤川道場にいて、弥八郎に稽古《けいこ》をつけていた。

その弥八郎も十四になる。

体つきは随分と大人になってきていたが、早世であった父の病弱を受け継いだか、体調を崩すことが多く、それがどこか儚《はかな》げに映った。

「いやいや、会う度に立派になられる。そのうちにこの竜蔵に一手指南をして下されよ……」

竜蔵は綾と共に道場へ入るや、藤川道場に漂う不安を吹きとばすように、弥八郎に

挨拶《あいさつ》の言葉を豪快に投げかけ、赤石郡司兵衛を喜ばせた。

「そういう竜蔵も綾も、子供の頃から知るおれから見れば、随分と大人になったものだ……」

郡司兵衛は、竜蔵と綾を控えの間に通して、二人にとっては懐かしい藤川道場の下働きの者なども順次呼んでやってしばし談笑した。

自然、話題は藤川道場を出た者達の現況や消息に移っていったのであるが、

「永光継之助《ながみつつぐのすけ》が、致仕して浪人を致しているそうな……」

郡司兵衛のこの一言に竜蔵は大いに衝撃を受けた。

永光継之助は御先手組《おさきてぐみ》の侍で、火付盗賊改方《ひつけとうぞくあらためかた》の同心として、一時は江戸の盗賊、破落戸《ごろつき》達を大いに震えあがらせた豪の者であった。

かつてはこの藤川道場で俊英を謳《うた》われたが、火付盗賊改方に勤めるようになってからは、激務のこととて道場に足を運ぶこともなくなった。

それでも藤川弥司郎右衛門の葬儀の折には顔を見せて無念の涙を流していたものを……。

「永光さんが、まさか……」

もしや致仕して剣術一筋の暮らしを望んだのかと思ってみれば、そうではないらし

い。

「目黒の瀧泉寺《りゅうせんじ》近くの百姓家を借り受け、傘張《かさは》り仕事の傍ら、猫の額くらいの畑を耕して暮らしているそうな……」

「何があったのでしょう」

「さあ、おれも気になって、一度、沢村《さわむら》を遣わしたのだが、何も語らなんだらしい。以前と違いすっかり気が抜けたような様子で、近くの者からは〝竹光《たけみつ》継之助〟と呼ばれていると申していた……」

「〝竹光継之助〟……」

「左様、腰の差料《さしりょう》は竹光で、それさえ差しておらぬ時も珍しくはないというのだ」

「あの永光さんが……」

竜蔵はとにかく信じられなかった。

永光継之助は竜蔵より五歳年長で、彼が木太刀、竹刀《しない》を揮《ふる》う姿は真《まこと》に壮観であった。

——自分も永光さんのような剣を遣うことができればよいが。

竜蔵にとっては憧《あこが》れの存在であったのだ。

火付盗賊改方に勤めるようになってからは、その豪剣を大いに生かし、火盗改に永光継之助ありと称《たた》えられ、共に稽古に汗を流した竜蔵にとっては、鼻が高かった。

その永光継之助が、〝竹光継之助〟と揶揄《やゆ》されているなどと、到底納得できることではない。

その想いは綾も同じで、剣を揮えば豪剣で勇ましいが、日頃は折目正しく、

「おお、綾殿、いつも御苦労でござるな……」

などと、まだ幼い頃の綾を決して粗略に扱わなかった継之助は、荒々しい門人達の中にあって、一際律々《りり》しく映ったものである。

綾は少し眉《まゆ》をひそめて竜蔵の横顔を見た。

ぐっと奥歯を噛《か》みしめるその表情には、

「このままには捨ておけん」

という強い意志が利かぬ気となって溢《あふ》れていた。

「赤石先生、沢村直人《なおと》などを遣《や》らずに、どうしてこの竜蔵にお申し付け下さらなかったのです」

綾が思った通り、竜蔵は少しばかり口を尖《とが》らせて言った。

赤石道場の門人・沢村直人は口先だけで、真心のない奴だと日頃嫌っているだけに、竜蔵にしてみれば、自分が訪ねていれば、継之助とて、何か理由のひとつも語ったのではないのか――そう思われて気にいらないのだ。

赤石郡司兵衛は、直心影流《じきしんかげ》第十一代的伝《てきでん》――江戸でも名うての剣客である。

この大師範相手に口を尖らせて頰笑《ほほえ》ましく映るのも稚気に溢れた峡竜蔵ならではのことであろう。

郡司兵衛も綾も苦笑して、竜蔵の脹《ふく》れっ面《つら》をつくづくと観賞したが、

「ふッ、ふッ、竜蔵の申す通りだな。あまり人のことに立ち入らぬ方が好《よ》いと思い、とにかく沢村を遣ったが、やはりおぬしに頼むべきであった……」

郡司兵衛はすぐにそう言って竜蔵を宥《なだ》めた。

決して口先だけではない。

永光継之助ほどの男が剣を捨て浪人したのである。大きな理由があるのはわかりきった話である。

それを語らぬとなれば聞かずにおくのが男の作法であると郡司兵衛は思ったのであるが、ぴたりと閉ざされた心の扉を無理にこじ開けてでも相手を思いやることもまた、男の情としては間違っていまい。

人の心を無理矢理こじ開けようとすれば、余計なことよと、相手の心を一層頑《かたくな》にする恐れもあるが、峡竜蔵ならばこれをさらりとしてのけるかもしれない。

「おぬしに早く伝えるべきであったな……」

郡司兵衛は竜蔵に頬笑んだ。

たゆまぬ修練によって身に備わった威徳が、赤石郡司兵衛の総身から発散されている。

その郡司兵衛に笑顔を向けられると、さすがの竜蔵も尖らせた口を慌ててもとに戻し、巌《いわお》のような体を後退《あとじさ》りさせて畏《かしこ》まった。

その姿を見て、綾の苦笑いは失笑に変わった。

――まったくこの人は、少しでも自分の心の内が濁ったら、じっとはしていられないのですねえ。

この男の傍にいるとはらはらさせられることの連続であろうが、それがまた堪《たま》らぬ幸せに思えてくるのではないか――。

綾はふっと頭の中によぎったそんな想いを、慌てて打ち消すように笑いを呑《の》みこんだ。

そのような女の想いが、尋常ならざる剣の修行を終生積んで行く気構えの峡竜蔵を、どこか茶化しているような気がしたからである。

残る暑さが竜蔵の額に汗を浮かばせて、その煌《きら》めきが綾の目に眩《まぶ》しかった。

二

その日は藤川道場での稽古も程々に、綾と別れて三田《みた》二丁目の峡道場に戻った竜蔵であったが、心ここになく、翌朝は道場を出て聖坂《ひじりざか》を走るように越えて、白金《しろかね》の道を西へと向かっていた。

その行き先が目黒の瀧泉寺であることは言うまでもない。今日は折好く門人の神森《かみもり》新吾《しんご》は、芝愛宕下《しばあたごした》の長沼《ながぬま》道場へ稽古に出ていたし、残る竹中庄太夫《たけなかしょうだゆう》と目明かし・網結《あみすき》の半次《はんじ》は四十男同士の〝年寄りを労《いたわ》るつもりの稽古〟をさせとけばよい。

峡竜蔵は昨日赤石郡司兵衛から教わった、永光継之助の浪宅を瀧泉寺を頼りに訪ねたのである。

瀧泉寺は山号を泰叡山《たいえいざん》。第三代天台座主《ざす》・慈覚《じかく》大師が安置したという不動明王を本尊とする。これにより世に目黒不動と呼ばれて大いに栄え、参詣客で賑《にぎ》わった。

その門前の外れに〝八兵衛店《はちべえだな》〟という長屋があり、長屋の裏通りを挟んで広がる百姓地の一隅に小さな民家が建っている——そこが永光継之助の浪宅であると言う。

寺に着いた竜蔵は、まず参詣をすませると門前の桐屋《きりや》という店で名物の目黒飴《あめ》を道場への土産に買い求め、その並びの酒屋で継之助への土産にと五合の酒徳利を仕入れた。そこで〝八兵衛店〟への道を店の手代に訊《たず》ねたところ、すぐに知れた。

長屋の場所を確かめて、裏の道に出ると、長閑《のどか》な田園風景が広がり、遠くに見える瀧泉寺の伽藍《がらん》が絵のように美しかった。

道を渡ってすぐの杉並木の向こうに小さな百姓家が見える。

どうやらそこが永光継之助の浪宅であるようだ。土間に菰《こも》敷《じ》きの板間が一間あるばかりの小さな家で、小屋の横手に僅《わず》かばかりの庭があり、ささやかな菜園となっている。

目を凝らすと開け放たれた板間には、内職の傘が何本も積んであった。

——なるほど、傘張り内職に畑仕事か。

火付盗賊改方は町奉行所とは違って武官である。そもそも戦時に先鋒《せんぽう》を任される先手組が加役として務めるもので、有無を言わさず無法者を断罪する荒々しい捜査に日々を送る。

永光継之助はそんな暮らしに疲れたのであろうか。

穏やかな風景に目黒不動尊の霊験——心を癒《いや》すには確かに絶好の立地かもしれない。

「歳《とし》をとったら、静かな所で、晴耕雨読の日々を送りたいものだ」

そういえば綾の父・森原太兵衛が、生前こんなことを口癖のように言っていたことが偲《しの》ばれた。

だがそれは、晩年胸を病み、死の床に就く自分をどこかで予見していたが故に、太兵衛の口から出た諦《あきら》めに似た言葉であったと竜蔵は思っている。

まして、藤川道場で憧れの兄弟子であった永光継之助が三十五歳にして、剣を捨て隠遁《いんとん》などしてよいはずはない。

「いかぬいかぬ。あの御方にはもう一度剣をとって頂かねばならぬ。この竜蔵がちょっとは強くなったことを誉めて下さらねばならぬ……」

竜蔵は百姓家へと歩を進め、出入り口から家の内を覗《のぞ》きこんだ。

そこからははっきりと板間の上で傘を張る永光継之助の姿が見えた。

――何ということだ。

彫りの深いなかなかに端正な顔立ちであった継之助の容貌《ようぼう》は不精髭《ぶしょうひげ》に覆われ、炯々《けいけい》たる眼光はまるで頼りなげなものになっていた。

挙作動作も何やら緩慢で、糊《のり》を塗る刷毛《はけ》を持つ手もじれったいくらいにゆっくりとしていた。

板間は調度品とてほとんどなく、壁に竹を細工して打ちつけた手製の刀架《とうか》があり、そこへ大刀が架けられてあった。恐らくそれが噂《うわさ》の〝竹光〟の一振りなのであろう。

継ぎがあるものの衣服は綻《ほころ》びておらず、さっぱりとしていることだけが救いであった。

竜蔵は溜息《ためいき》をついて、声をかけようとしたが、さすがに来訪者の存在に気がついた継之助が、

「おおッ……」

と声をあげた。

「これは珍しい男に会えたものだ……。やはりおぬしの物好きなところは変わっておらぬようじゃな」

継之助はにこりともせず竜蔵を見て言った。日頃は穏やかな笑顔がえも言われぬ親しみを醸した永光継之助であったものを――。

「赤石先生に伺って参りました……」

竜蔵はまず酒徳利を板間の框《かまち》に置いて威儀を正した。

「それで酒を持参してくれたのか。これはありがたい……」

継之助は礼を言ったが、その表情は相変わらず強張《こわば》ったままであった。

「永光さんがどんな手付きで傘張りをしているのか見たくなりましてね」

竜蔵は努めて明るく言った。

「厄介な男が一人いたことを、うっかりと忘れてしまっていた」

継之助はそう応《こた》えると初めて少し、口許《くちもと》を綻ばせた。

「おぬしがおれに何を言いに来たのかはわかっている。それを、おれは嬉《うれ》しく思う。こうして訪ねてくれる者も恐らくおぬしが最後であろうゆえにな」

「喜んで下されば何よりです」

竜蔵はそれ以上の言葉は謹んで、少し頭を下げると上がり框に腰を下ろした。

その竜蔵の姿を見て、

「峡竜蔵……、少し見ぬうちに随分と大人になったものだな」

継之助は感慨深げに言った。

今の自分の姿を見れば、矢継ぎ早にあれこれ問いかけてきて、大いに憤慨するのが、継之助の頭の中にいる峡竜蔵であったからだ。

「しかし、わたしは何も変わっちゃあおりませんよ……」

自分が何を言いたくてここに来たかがわかっているならば、納得する答を出してくれたらよいではないか――。

その想いを言外に秘めて、竜蔵は強い視線を継之助に送った。

お前も言わずもがなの言葉を省いて人と話せる男になったのだな――。

継之助もまたその想いを目に込めて竜蔵に頷《うなず》いてみせると、小さな囲炉裏《いろり》の縁に置いてあった端の欠けた茶碗《ちゃわん》を竜蔵の前へと差し出し、そこへ竜蔵が持参した酒を注《つ》いだ。

「うまく剣を遣えぬようになったのだ」

「永光さんが……。見たところ、どこにも体に不自由はないように……」

「体に不自由はない。それゆえになお性質《たち》が悪い……」

「永光さんほどの遣い手が剣を遣えぬと申されるなら、火付盗賊改の与力も同心も皆、役に立ちますまい」

「剣術と刀を抜いて人と斬《き》り合うことは、また別のものだ」

「人を斬ることが嫌になったとでも……」

「そういうことだ」

「いやしかし、火付盗賊を斬ることは正義の剣ではござらぬか」

「だがもう斬れぬようになった。いざとなって人を斬れぬ武士など無用の者だ」

継之助はやりきれぬ表情を浮かべ、言葉に力を込めた。

竜蔵は沈黙して、手持ち無沙汰《ぶさた》を茶碗の酒でまぎらせた。

それゆえに、致仕して禄《ろく》を返上したのか。

それゆえに、刀を竹光としたのか。

ほろ苦い酒を、言わずもがなの言葉と共に呑みこんだ。

そして、何故永光継之助ほどの者が、剣を捨ててしまったのか、人を斬れぬようになったのにはどんな深い理由があるのか、その問いかけの言葉をも——。

そこまで問うたとてよもや答は返るまい。

「竜蔵、おぬしは藤川先生の道場で稽古に励んでいた頃のおれを想い、何とかしておれに剣をとらせたいのであろうが、あの頃のおれはもうこの世にはおらぬと諦めてくれ」

代わりに継之助は竜蔵の沈黙にそう応えると、小さく頰笑んで再び傘張り仕事に戻り、今あたっていた一本の張替えを仕上げた。

竜蔵は今日のところは最早これまでと、茶碗の酒を飲み干して立ち上がった。

「はッ、はッ、諦めろなどと情けないことを申されますな、永光継之助殿はここにこうして達者にしておられる。諦められるものではござらぬ。人を斬らずとも剣術の稽古は出来ますぞ。この竜蔵は永光さんにまた稽古をつけて頂きとうござる」

そして一気に言い置くと、

「また、参ります！」

高らかに笑って継之助に一礼して踵《きびす》を返した。

「竜蔵……」

継之助は何か言おうとしたが、すぐに口を噤《つぐ》んだ。

峡竜蔵という男――一旦言い出したらきかぬ頑固者であったと改めて思い出されたからである。

――面倒な奴に見込まれたものだ。

継之助は大きく息を吐くと、仕上げた傘をたたんだ。

竜蔵は既に継之助の家の出入り口から外へ出ていたが、そこで一人の町娘とすれ違った。

娘は歳《とし》の頃十六、七で、飾りけのない容姿には少し男勝りの気配がしたが、同時にまた健康的な色香が漂い、竜蔵の目には好ましく映った。

娘は少し珍しそうに、継之助の家から出て来た竜蔵を見ると、ぺこりと元気好く頭を下げて継之助の家へと入っていった。

竜蔵は継之助の家を訪ねる娘が気になって、通り過ぎたと見せかけ、杉の木陰にそっと身を潜めて家の内の様子を窺《うかが》った。

「かつ、参上仕《つかまつ》りました！」

「お勝《かつ》か……。叫ぶのはよせ、心《しん》の臓にこたえる」

元気いっぱいの娘の声に続いて、子供を叱《しか》りつけるような継之助の声がした。

「何が心の臓にこたえるだよ。でかい形《なり》をしてみっともない」

娘の名はお勝というようだ。

お勝は永光継之助が、鬼神のごとき荒々しい、火付盗賊改方同心であったことなどまるで知らぬのであろう。遠慮のない物言いでからかうように言いたてた。

すっかりと二人は顔馴染《かおなじみ》のようだが、継之助の殺風景な家にこの娘が時折訪ねて来る様子を想うと、少し救われたような気がした。

「出来たかい？」

「今仕上げたところだ」

「そんなら頼むよ」

「わかった……」

やがて、内職の傘を一括《ひとくく》りにして小脇に抱えた継之助がお勝と共に出て来て、農道を渡ると、長屋の方へと入っていった。

お勝は件《くだん》の〝八兵衛店〟の住人のようである。

やり過ごそうとは思ったが、何やらどうもお勝が醸す様子が頰笑ましく、楽しく思われて、竜蔵は吸い寄せられるようにそっと後をつけてみた。

「先生、ご苦労さんだねえ」

「申し訳ありませんねえ、力仕事をお願いして……」

井戸端にいる女房達が口々に継之助の姿を見るや親しげな声をかけた。

継之助は女房達へ鷹揚《おうよう》に会釈を返すと、やがて一軒の家へと入り、またすぐに新たなる一束の傘を、もう一方の脇に抱えて出て来た。

どうやらお勝も傘張りの内職をしていて、共に届けに行くのに、継之助が荷を持ってやっているようだ。

「こんなに力持ちなのに、どこか仕官の口はないのかねえ！」

お勝がまた軽口を叩《たた》いた。

どっと笑う女房達を見て、継之助は苦笑いを浮かべ、

「生意気を言うな。おれは傘を張っている方が楽しくてよいのだ」

どしりどしりと歩き出した。

「まあ、あたしはその方が助かるってもんだけどね」

ついて歩くお勝の口は減らない。

長屋を出てからも、

「さっき家から出て来たお侍は友達かい」

「昔の知り合いだ」

「わざわざ訪ねてくれたのかい。そりゃあ大事にしないとねえ……」

「お節介で困る」

「人のお節介はありがたく思わないといけないよ。何か旦那《だんな》の世話を焼いてあげようってんだろ」

「おれのことをあれこれ聞くなと言っているだろう」

「まったく愛想がないねえ」

「そんなものは何年も前に忘れた」

「そいつは御愁傷様だね。髭面で愛想が悪いときたら人は寄って来ないよ。せめて着ている物くらい小ぎれいにしておかないと……。繕い物があったら遠慮なく言うんだよ。傘持ってもらってるお礼にそれくらい縫わせて頂きますからねえ……」

こんな調子で大きな声で喋《しゃべ》るものだから、そっと様子を窺う竜蔵の耳にいやでも聞こえてくる。

見たところ継之助はお勝に己が過去を語らず、お勝は永光継之助を、人の好い素浪人〝竹光継之助〟と思って父親のようにあれこれ構っているのだろう。

二人は中目黒の方を目指して歩いて行った。お勝が大きな声で喋りかけ、継之助が少し困ったように応える――これを繰り返しながら。

竜蔵は最早二人の後をつけなかった。

無為な日々を送る永光継之助の心に、間違いなくお勝という娘は温かな光を投げかけている。

この先、その光を頼りに、継之助の心の闇《やみ》に入りこんで行くことができるかもしれない……。

「よし、今日はこれまでにしよう……」

竜蔵は強力な助っ人を得たような気がして無邪気に喜んで道場への帰路についた。

「お節介で困る」

などと言われようが毎日ここへ通ってやる。

あの日、藤川道場で見た憧れの兄弟子に、

「竜蔵、腕を上げたな！」

この一言を道場で口走らせてやらねばならぬのだ。

竜蔵は田圃道《たんぼみち》をゆったりとした足取りで進んだ。

爽《さわ》やかな風が稲を揺らす。

今は稲の花の盛り――少しはしゃぐように空を見上げながら歩くたくましきこの男には、緑の中に埋れる姿がよく似合う。

三

その翌日もまた、峡竜蔵は目黒へと出かけた。

前夜に芝田町《たまち》二丁目にある行きつけの居酒屋〝ごんた〟に、軍師である竹中庄太夫を誘い、少しばかりの間、目黒通いが続くかもしれぬので、あれこれ道場のことを頼むと事情を話した竜蔵であった。

庄太夫は一通り話を聞くと、

「先生は永光殿に何としてでも、もう一度剣をとってもらいたいのですね……」

と言ってニヤリと笑った。

まったく、この剣客に見込まれたが最後、静かに暮らしてもいられない――。

そう思うと何やら笑いがこみあげてきたのである。

「庄さん、おれは間違っちゃあいねえだろ。永光さんが傘を張ろうが、百姓仕事してようがどうでも好いよ。だがな、何も剣を捨てちまうことはねえじゃねえか」

「はい。藤川先生から教わった剣を捨ててしまっては、泉下《せんか》で先生もお嘆きでございましょうな」

「そう……、そうなんだよ。さすがは庄さん、好い事を言ってくれるぜ。藤川先生から教わった剣を捨てることは、藤川先生を捨ててしまうことと同じじゃねえか」

「……。それは少し違うと思いますが」

「まあ何でもいいや、永光さんにどんな理由があるのかは知らねえが、おれはあの人の心の闇に巣を喰《く》う鬼を退治して、必ず明かしを灯《とも》してみせるぜ……。ちょっと好い文句だったよな今の？」

「はい、少しばかり芝居がかっておりました」

「よし、何かの折に言ってやろう」

「それがよろしいかと。しかし御注意を」

「何だい？」

「心の闇に巣を喰う鬼がとてつもなく強い相手なら、無理に戦わぬことです」

「いけねえかい？」

「派手に戦うと、方々に刀傷が出来てしまいますから……」

「そうだな……。確かに庄さんの言う通りだ」

もうすっかり庄太夫は、この直情径行なる男を激励しつつ窘《たしな》める技を会得していた。

「鬼退治のお供は、……」

「お勝って娘だな」

「はい……」

庄太夫の顔が大きく綻び、目尻に深い皺《しわ》が刻まれた。

そんな庄太夫とのやり取りを思い出すうちに、竜蔵はまた目黒・瀧泉寺にほど近い、永光継之助の浪宅へ辿《たど》り着いた。

この日、継之助は畑へ出て茄子《なす》を摘んでいたのだが、竜蔵の姿を認めると観念したかのような、何とも渋い表情をつくった。

「また来るとは思ったが、もう来たのか……」

「はい、永光さんを誘いに来ました」

「おれをどこへ連れて行こうというのだ」

「それは知れたこと。この峡竜蔵の道場です……」

「おぬしの道場……。そういえば、おぬしは藤川先生がお亡くなりになる少し前に道場を任されたのであったな」

「いつか永光さんをお招きしようと思っておりましたが、何分火付盗賊改方のお勤めがお忙しいと存じ、加役を終えられた後にと」

「そう思っていてくれたというのに、今やおれは竹光継之助だ。何やら間の悪いことですまなんだな」

「間が悪い？　いや、晴耕雨読の暮らしとなった今こそ、お誘いするにちょうど好い頃合になったかと」

「調子に乗せようと思ってもそうはいかぬぞ。その誘いは断わる……」

継之助は静かに言うと、畑仕事を続けた。

「左様でございますか……。では今日のところはこれにて御免……」

竜蔵はさばさばした表情で一礼して立ち去ろうとしたが、

「待て……」

継之助は門前払いを喰わせるのも気が引けて、やれやれといった表情で竜蔵を呼び止めた。

「昨日の酒が残っているから飲んでいけ」

「あれは永光さんに買ってきたものです。昨日といい、某《それがし》が飲むわけには参りません」

「ならば茄子を持って帰れ」

「これはありがたい。網で焼いて、冷たい水で洗って頂きましょう」

「好きなように食え……」

竜蔵は、彼独特の悪戯《いたずら》っ子《こ》のような笑みを浮かべて母屋へと入り、継之助を待った。

壁の粗末な刀架には今日も一振りの大刀が掛けられていた。

竜蔵はもしやという期待をこめて、そっと刀身を改めてみたが、噂に違《たが》わず鞘《さや》には竹光が納められてあった。

「不思議なものだな……」

竜蔵の背後から継之助の声がして、竜蔵は慌てて刀を刀架に戻した。

継之助は茄子が入った竹籠《たけかご》を縁側に置いて、小さく笑った。

「人を斬るのが嫌になった男が、未《いま》だ刀を捨てられずに、竹光などをこれ見よがしに掛けている。武士など捨てて潔く百姓になればよいものを……」

「人を斬るばかりが武士ではござらぬ……」

竜蔵はにこやかに即答した。

「戦国乱世の折ならばいざ知らず、生涯人を斬ったことがないという武士がほとんどの時代じゃありませんか。この竜蔵は、人を活かすための剣をこそ求めたいと思っているのです」

「人を活かすための剣か……。竜蔵、おぬしは変わったな」

この男といるとどうもいけない、どうも頬が緩んでしまう。継之助はそう思いつつ、竜蔵の言葉に相槌《あいづち》を打った。

「はい、峡竜蔵は変わりました。その変わりようを某の道場で確かめて頂きとうござる」

「その手には乗らぬぞ」

「やはりいけませんか……」

ここぞと攻めたがあっさりかわされ、竜蔵は頭を掻《か》いた。

「かつ、参上仕りました！」

そこへ、八兵衛店のお勝が竹の皮に握り飯を包んでやって来た。

「また叫びよって……」

竜蔵は自分以上にお勝を持て余している継之助の様子を見てほくそ笑んだ。

「あれ、お侍さんは昨日の……」

お勝は竜蔵の姿を認めて臆《おく》せず声をかけてきた。

「峡竜蔵だ。永光さんの昔馴染でな」

竜蔵はお勝と言葉を交すのが楽しくなって、愛想好く名乗ってやった。

「峡先生……。何だか強そうで愛敬《あいきよう》があって、永光の旦那とは大違いだねえ……」

「いやいや、この永光さんはな。少し前まではおれなどが太刀打ち出来ぬほどのお人だったのだぞ」

「そういう風に、人前で気遣ってくれるところも大したもんだ」

お勝は竜蔵の言うことをまるで信じなかったが、彼女もまた、どこか自分と波長の合うこのたくましい浪人が、永光継之助の昔馴染だと聞いて、たちまち楽しそうな顔付きとなった。

「ああ、これはお話の邪魔でしたね。これ、食べておくれ、茄子、二つもらっていくよ。御免下さりませ！」

そして日頃そうしているのであろう。お勝は握り飯と茄子を交換してさっさと去っていった。

「はッ、はッ、これは痛快だ……」

竜蔵はお勝の歯切れの好い物言いと、遠慮はないが、小ぶりの茄子を二つだけ選んで持って帰った慎ましやかな気性を称えて高らかに笑った。

永光継之助の心の闇に巣喰う鬼を退治するのに、最強の助っ人になるであろうお勝と、まず息があったことが嬉しくもあった。

「昨日も帰りに表ですれ違ったのですが、なかなか好い娘ですね」

竜蔵は早速お勝の出現を、新たな継之助との会話のとっかかりにした。

「ああ、好い娘だ。お勝には随分と助けられている。晴耕雨読などと格好をつけても、一人ではなかなか暮らしにくいものだからな」

剣術の話になると頑な表情を見せていた継之助も、お勝の話になると、やや舌の滑りが滑らかになった。

「お勝はそこの八兵衛店に住んでいるようですが、傘張りの内職仲間というところですか？」

「何だ。おぬしあの後、見ていたのか」

「はい。両脇に傘を抱えて長屋から出てくるまでの間を……。お勝との様子が何とも頬笑ましく映りましてね」

「そうか……。昔は盗《ぬす》っ人《と》共の後をつけていたおれが、まったく気付かぬとはな……」

継之助は自嘲《じちょう》の笑いをもらしたが、

「竜蔵、おぬしは人の世話を焼くのが好きなようだから頼んでおく。何かの折はお勝の力になってやってくれ」

と、しみじみとした表情を浮かべた。

「世話を焼くのも人によりますが、永光さんが世話になった相手となれば……」

「と申して、おぬしの道場には行かぬぞ」

「わかりましたよ。まずお勝のことを教えて下さい」

継之助は大きく頷いた。

「あの娘はああ見えて、なかなか苦労をしておってな……」

永光継之助が浪人して住まいを転々とした後、知り人に勧められこの百姓家に移り住んだのは去年のことであった。

今までの貯えと、畑仕事での自給自足で何とか方便《たつき》を立てていこうと思ったが、それだけでは心もとない――何か内職を探そうと、行人坂《ぎょうにんざか》の下に口入屋《くちいれ》を営んでいる者があると聞き及び訪ねてみた。

しかし、元より小禄の身ではあったものの、自らが内職を探しに口入屋に入るのがどうも気が引けた。

永光継之助にはまだ武士の気位が残っていたのである。それで思わず口入屋の前を行ったり来たりした挙句に、

――今日のところは引き返そう。

と思い決めた時に、出会ったのがお勝であったのだ。

「内職の口を探しに来たんだろう」

初めて会った時からお勝は遠慮のない口を利いてきた。

「い、いや……」

口ごもる継之助に、

「よくいるんだよ旦那みたいな人が、お百姓の上前はねないでちゃあんと働こうていうのに、何を恥ずかしがることがあるんだい」

と、次々に言葉をぶつけてきた。

「確かに……、確かにおぬしの言う通りだな……」

生意気な小娘の言葉が妙に心地好く、継之助の気持ちを楽にしてくれたものだ。

聞けば娘はお勝といって、近くの長屋に住んでいて、自分もこの口入屋で世話をしてもらって、傘張りの内職をしているという。

お勝は、小娘の言うことに素直に頷く継之助を気に入ったようで、

「あたしが露払いをしてあげるから、ついておいでな」

と継之助を促して口入屋へと入り、たちまちお勝と同じ傘張りの内職を決める手助けをしてくれたのである。

「なるほど、娘の様子が目に見えるようですねえ……」

話を聞いて竜蔵はますますお勝が気に入った。

「地獄で仏に出会うたような……」

賊徒と斬り結び、何度も血に染まった地獄を見てきた継之助であったが、

「人の世には色んな地獄があるものだと思い知らされた」

と言う。

「お勝は行人坂の近くに住んでいたのが、どうして八兵衛店に？」

竜蔵は継之助の話に感じ入りながら、それからの継之助とお勝の交誼《こうぎ》を想い問うた。

「さて、そのことだ……」

お勝は幼い頃に二親を次々と失い、行人坂下の長屋に住む父の妹夫婦に育てられた。

この夫婦に子はなく、叔母《おば》はお勝を我が娘のようにかわいがってくれた。

ところが、この叔母もお勝が十四の時に亡くなり、版木職人であった叔父《おじ》と暮らすことを余儀なくされた。

だがこの叔父というのがどうしようもない飲んだくれで、職人としては好い腕を持ちながら、何かというと女房に頼りきりで、叔母が死んだ後は生《な》さぬ仲のお勝に頼り、しっかり者のお勝が何とか家計を支えようと傘張りの内職を始めると、ますます働かなくなった。

そのうちに酒に酔っているだけならまだしも、大人になってきたお勝の体を狙《ねら》って、あれこれちょっかいを出すようになってきた。

男勝りで腕っ節では近所の悪童にもひけはとらなかったお勝も、育ての親としての恩を思い、ちょっとしたことには辛抱を続けてきたが、次第に調子に乗ってきて、夜になると寝床に忍んで来る叔父にとうとう堪忍袋の緒が切れた。

ある夜のこと――。

「この犬畜生め！」

と、股間《こかん》を蹴《け》り上げ、倒れたところを散々に踏みつけて家をとび出した。

「うむ、よくやりましたな……！」

竜蔵は快哉《かいさい》を叫んだ。

「それで八兵衛店に移ったわけですな」

「そういうことだ」

行人坂の長屋をとび出したお勝は、田圃道を突っ切って、継之助の浪宅を訪ねて来た。

口入屋で会った後、二人は傘屋に張り替えた傘を届けに行く時に何度か出会い、あれこれ言葉を交すうち、お勝は継之助が暮らす百姓家の所在を聞いていたのである。

この百姓家は八兵衛店の大家・八兵衛が探してくれたものであった。八兵衛はこの長屋の家守をする前は、火付盗賊改方の密偵を務めたことがある人物で、継之助とは昔馴染であったのだ。

普段は付き合いもなく、互いの過去を語らぬ二人であったが、この時ばかりは継之助の口利きで、八兵衛は快くお勝を長屋の空き家に引き受けてくれたのである。

その後、お勝の叔父は、〝犬畜生騒ぎ〟で行人坂にはいられずに、何処《どこ》かへと姿をくらましたという。

「それは好い事をされましたな……」

竜蔵は満面に笑みを湛《たた》えて継之助を見た。

「そのような哀れな生い立ちをものともせず強く生きる……。お勝のことが気に入りました。及ばずながらこの竜蔵、お勝に肩入れを致しましょう」

「忝《かたじけな》い。姿をくらました叔父というのが、いつまた現れるか……、それが気になってな」

「任して下さい。無論、永光さんの昔は何も喋ったりはしませんよ」

「しかしおれは……」

「我が道場には来る気がないのでしょう。わかりましたよ」

「行ったところで、今のおれは案山子《かかし》も同じ、おぬしの稽古相手は務まらぬ」

「そうでしょうかね」

「そうに決っている。だが……、久し振りに男同士の話が出来た。おぬしには感謝している」

「男同士の話がお望みならば、毎日のように来ますよ」

「いや……。久し振りに会った者同士は話が弾むものの、それは珍しさゆえのことだ。すぐに飽きる。進む道が違えばなおさらだ」

これには竜蔵も頷くしかなかったが、

「それではまた懐かしくなった頃に参りましょう」

すぐにそう切り返して、

「某も茄子を二つ、頂いて帰ります」

遠慮なく大振りの茄子を籠から選んで懐に入れると、また満面に笑みを湛え颯爽《さつそう》たる足取りで浪宅を辞した。

「何だあいつは……」

それほど藤川道場で親しく言葉を交したわけでもなかったのに……。一人になると妙な奴が訪ねてくるものだと、継之助は大きな溜息をついて縁側に寝転んだ。

「懐かしくなった頃に訪ねると言っていたが……」

それがいつなのか――うんざりしながらもどこかでその日を心待ちにしている自分がいた。

「峡竜蔵か……。奴がおれなら剣を捨てたりはせなんだかな……」

継之助は独り言《ひとりごと》ちて顎《あご》から頬へと不精髭を撫《な》でてみたりした。

四

――次に永光継之助の浪宅を訪ねるのはいつが好いか。

こうなれば意地である。何度でも会いに行ってやる。

峡竜蔵はそのことばかりに気をとられた。

少しずつではあるが、剣客としての地位を築きつつある竜蔵を、そこまで世捨て人のことに駆り立てるものは何なのか――。

竹中庄太夫は興味津々に見守っていたが、件の茄子を網で焼いて冷水にさらし、生姜醤油《しょうがじょうゆ》で食べて一杯やるのに付き合いつつ、

「まずはその、お勝という娘の叔父のその後を親分に当たってもらうことでしょうな」

その動きを手土産にするならば、いつでも訪ねられましょうと進言した。

「うむ、そうだな……。やはりそれが一番だな……」

またしても目明かし・網結の半次の手を煩わせることになるのが気にかかったが、

「なに、親分はこのところ、先生が何やらそわそわとしている様子が気になっているようで、何かあるなら言って下さりゃあいいのにと、嘆いておりましたぞ」

と庄太夫に言われて、竜蔵は結局半次の手を借りることにした。

竜蔵に頼まれ事をされるのが何よりも嬉しい網結の半次は、嬉々《きき》としてこれにあたった。

「なに、目明かしってえものは、日頃からあれこれ調べ物をしていませんと、聞き込みの腕も鈍るし、手蔓《てづる》も腐っちまうってものなんですよ……」

なるほどそういうものかと感心する竜蔵に、半次がお勝の叔父の消息を伝えるのに、ものの三日とかからなかった。

目黒から白金を縄張りにしている目明かし・不動《ふどう》の弥五郎《やごろう》は半次の弟分で、たちまち調べあげてくれたのだ。

お勝の叔父は里次郎《さとじろう》といって、〝犬畜生騒動〟で行人坂下の長屋から姿をくらました後は、版木職人の仕事につくこともなく、麻布《あざぶ》竜土町《りゅうどちょう》で甘酒屋を営む後家の許へと転がりこんだ。しかしすぐに後家に愛想を尽かされここも追い出され、近くの居酒屋で知り合った広尾の博奕《ばくち》打ちの親分、勘六《かんろく》の世話になって賭場《どば》の下働きなどをして暮らしているらしい。

「まあつまり網結の兄ィ、たちまち居所が知れるってことは、それだけ里次郎って野郎がろくでもねえ暮らしをしているってことでさあ……」

弥五郎は半次にそう言って苦笑いを浮かべたという。

ろくでもない男ではあるが、元より人当たりは好くおとなしい気性で手先は器用なので、賭場の使いっ走りにはちょうど好かったのであるが、いかんせん酒癖、女癖が悪い。

広尾辺りで顔を利かす不良旗本の情婦にそれと知らずにちょっかいを出し、これを収めるのに勘六は十両ばかりの出費を余儀なくされ、里次郎は半殺しの目に遭い、今は勘六の乾分《こぶん》の家に身を寄せ小さくなって暮らしているらしい。

「女房の姪っ子にちょっかい出して返り討ちに遭うような男だ、どうせろくでもねえと思ったが……。まったく、どうしようもねえ馬鹿野郎だなあ……」

網結の半次から報告を受けた竜蔵は、顔をしかめ、

「いっそ殺されちめえばよかったものの、まだ生きてやがるとは目障りだぜ」

と、お勝にとばっちりがいかなければ好いがと案じた。

「だが親分のお蔭《かげ》で、永光さんに好い手土産が出来た。ありがとうよ……」

竜蔵はほんの気持ちだと、半次に一分《ぶ》金を無理矢理握らせた。

「おれが親分にあれこれ頼むのをためらったのは、毎度毎度これっぽっちの金で便利に使っていいものかと胸が痛んだからだよ」

金を握らせる竜蔵の手の温《ぬく》もりが、頭の天辺《てっぺん》から足先までたちまち半次の体を駆け巡り、

「先生、それが水くせえってもんですよ……」

思わず半次の返事を湿らせた。

「いやいや、死んだ親父《おやじ》がよく言っていた。銭もねえ奴が道楽をすると周りが迷惑するってな……。今度のことはおれの道楽だ。まあせめて受け取ってくんな……」

竜蔵は半次を片手で拝んで、庄太夫に留守を托《たく》し、また道場を出た。

今日神森新吾は、藤川道場で稽古をつけてもらっていた。

永光継之助の浪宅を三日振りに訪ねてみると、この日継之助は縁に端座し、じっと宙を見据えていた。

その顔付きは先日までのおおらかなものではなく、眼光鋭き殺気が漂っているように見えた。

——何かが違う。

峡竜蔵という剣客が足を運んだことで、長閑な田園の中に埋れた小さな百姓家に異変が漂ったのかもしれない。

〝剣気〟とでも言おうか、それが永光継之助の眠れる武芸者の本能を呼び覚まし、今継之助の五感を覚醒《かくせい》させているのではないか——。

——よし、試してみよう。

竜蔵は木立に身を隠し、家の裏手へと回りこんで、庭の方から端座したまま微動だにしない継之助の姿をそっと窺った。

竜蔵の右手は地面に伸び、小石を摑《つか》んでいる。

——見事にこの小石をよけるか、その手の平で摑み取るか。

もしや永光継之助は、ゆえあって、剣を使えぬ振りをしているだけかもしれぬではないか——竜蔵の想像はさらに広がった。

「えい……！」

低い唸《うな》り声と共に、竜蔵の手から放たれた小石は、狙った方向を過たず、真っ直ぐに継之助目がけてとんだ。

その刹那《せつな》——永光継之助の体が動いた。

「痛い……！」

しかし小石は、両手を広げ体を右の方へ反転させた継之助の左肩に命中した。

継之助は不様にも肩を押さえて屈《かが》み込んだ。

「これは御勘弁を……！」

慌てて竜蔵は植込みの陰から出て駆け寄った。

「竜蔵か……。悪ふざけはよせ……」

継之助はしかめっ面で竜蔵を見た。

「申し訳ございませぬ。何やら永光さんにえも言われぬ殺気が漂うておりましたゆえ、これは武芸の勘を取り戻されたと存じまして試しに石を投げてみたのですが……」

「たわけたことを……。おれは藪蚊《やぶか》がうるそう飛び回っていたので、これを叩こうとしていただけだ」

「なるほど蚊を叩こうと……。道理で殺気が漂うていたわけで……」

「馬鹿者、蚊を叩くのにどれほどの殺気があると申すのだ……。まったくお前という奴は……」

「そう言えば某も蚊に刺されておりました……」

竜蔵は左の腕《かいな》を掻いた。

すると、左の肩を押える継之助のしかめっ面に、笑みがこみ上げてきた。

「お前という奴は、どこまで笑わせてくれるのだ。はッ、はッ、はッ……。まったく馬鹿だ。はッ、はッ……」

「はッ、はッ、まったく馬鹿ですね……」

竜蔵も笑い出した。

「馬鹿も馬鹿だ。おれのような馬鹿に世話を焼いた挙句、石を投げつけてきよった。はッ、はッ、竜蔵、お前は大馬鹿だ。だが、これほどまでに心地が好い馬鹿がこの世にいようとは思わなんだぞ。所詮《しょせん》人間は馬鹿なものだが、同じ馬鹿なら竜蔵、お前くらいになりたいものだ……」

「誉められているのか、けなされているのかわかりませぬが……」

「誉めているのだよ。おれはお前が羨《うらや》ましい……」

継之助はひとしきり腹を抱えると、遥《はる》か遠くの空を眺めてひとつ溜息をついた。

「藤川先生がお亡くなりになって間もなくのことであった。江戸はもとより、関東一円を荒らし回っていた盗っ人一味が板橋の宿《しゅく》に入ったという報《しら》せを受けて、おれは火付盗賊改方の仲間と共にこれを捕まえに向かった……」

そして彼はおもむろに語り始めた。その表情はやるせなかったが、話す声には何かが吹っ切れたような力強さがあった。

赤石郡司兵衛が期待したように、ここに峡竜蔵は永光継之助のぴたりと閉ざされた心の扉を、まずはこじ開けることに成功したのであった。

その日――。

永光継之助は配下を従えて、盗っ人一味が板橋の宿を出て、中山道を巣鴨《すがも》の方へと向かう途中を待ち伏せんと、夜が明けぬうちから辻《つじ》町の木立の中に潜んだ。

やがて白々と夜が明け姿を見せたのは、物見遊山に出かけた商家の主従と見紛《みまが》う五人連れ――継之助には見覚えがあった。

〝血酔《ちえ》いの鬼鮫《おにざめ》〟とその乾分達である。二年前は後一歩のところで取り逃した因縁の相手である。

連中はとにかく凶悪で、盗みを果すため、逃亡を図るためとなれば誰であろうが殺害する。二年前も継之助配下の捕吏《ほり》が一人斬られた。

そのような相手であるゆえに、手に余れば斬れと命令を受けていた。

火付盗賊改の同心は継之助以下三名。加えて手先の捕吏が十人で周囲を固めていた。

いずれも火盗改きっての手練《てだ》れ揃《ぞろ》い。特に永光継之助がいれば十人力で、人目を忍ぶ待ち伏せの人数としてはちょうど好い。

ところが、ここで思わぬことが起きた。直進するはずの鬼鮫一味は、待ち構える継之助達の手前で、王子の方へ続く細道へと進路を変えたのである。

——まさか、気付かれたか。

とはいえ、このままではすまされぬ。

継之助は動揺を抑えつつ、木立を出てそっと一味の後を追った。

ところが、細道は鬱蒼《うっそう》たる木立に続いていて、たちまち〝血酔い一味〟の姿を呑み込んでいた。

継之助は嫌な思いにとらわれた。何やら形勢が逆転したような気になったのだ。つまり今度は自分達が待ち伏せされているような——。

細道の傍に粗末な閻魔堂《えんまどう》が見えた時、その胸騒ぎは現実のものとなった。

いきなり両脇の木立の中から白刃を引っ提げた刺客一味が殺到し継之助達を襲った。

その数は五人ではない。恐らく板橋へ入ったところで盗っ人達は一味の密偵に待ち伏せがあると異変を報され、俄《にわ》かに金で助っ人を集めたのであろう。

継之助達が浪人者などに変装をしていることを察知して、鬼鮫は追剝《おいは》ぎに狙われている商人を演じたのに違いなかった。

助っ人達は鬼鮫達を怪しみながらも、まさか相手が火盗改の精鋭とも知らず、金に転んで襲撃に加わったのであった。

たちまち血で血を洗う争闘が繰り広げられた。

血酔いの鬼鮫も、江戸へ入ったことを火付盗賊改方に察知され待伏せを受けていたことがわかったところで、捨身の反撃に出たのである。

ここを切り抜けられなければ命は無いと思い定めた迫力があった。

不意を衝《つ》かれ、さすがの継之助以下精鋭揃いの捕吏達も苦戦を強いられた。

こうなると峰打ちに倒す余裕などない。

継之助は自らも手傷を負いながら一人を斬り倒し、二人ばかりの手足を斬って怪我《けが》を負わせた。

己が傷と相手の返り血で阿修羅と化した継之助は、連れて来た手先の一人が敵の凶刃に倒れたのを見て、怒りに震えた。

その怒りは継之助の剣を荒々しくし、勢いづかせ、賊の攻めの迫力を凌駕《りょうが》するほどの凄味《すごみ》で敵の戦意を削《そ》いだ。

「退《の》け退け！　火付盗賊改方の出役じゃ！　邪魔する者は斬る！」

雄叫《おたけ》びをあげる継之助は怒り狂うことで劣勢を撥《は》ね返した。

しかし同時に繊細な判断力を失っていたといえる。

それが悲劇を呼んだ――。

今は継之助の背後にあった傍の閻魔堂の中からとび出して来た一人の旅姿の男――。

「えいッ！」

とばかりに継之助は振り返りざま、これを斬り捨てた。

しかし、それは血酔い一味の者ではなく、前日の大雨で板橋の宿に入る手前で雨宿りをしていた、ただの町の旅人であった。

「しまった……！」

気が付いた時には遅かった。

閻魔堂の中で一夜の宿りを求めた男は、いつの間にか眠りにつき、目が覚めてみると外では血まみれの男達が斬り合っている。悪夢を見ているのかとうろたえて、思わず外へとび出したのであろう、その行動が賊と間違われた――。

旅の男は音もなく倒れた。

「おれ達は賊の一味を斬り伏せて捕まえることが出来たが、味方を三人死なせ、罪もない者をも巻き添えにした。しかも、斬ったのは火付盗賊を取り締まるはずのこのおれだ……」

　継之助は思い出すうちに感情が激してきて、腹の底から振り絞るように言った。

　それは仕方がなかったのですよ――そんな言葉さえ差し挟むことが出来ずに、竜蔵は黙って継之助の述懐に耳を傾けていた。

「敵に策を読まれ、気が動転し、我を忘れたゆえのしくじりだ……」

　上からの咎《とが》めはなかった。むしろ手柄と称えられたが、継之助の心は晴れなかった。

「それで御役も禄も返上したというわけですか……」

　気持ちはわかると頷きつつ竜蔵は問うた。

「旅の男には娘の連れがいた。まだ十五にもならぬような娘がな……」

　斬り合いが終った後、その娘は閻魔堂の中から出て来て、変わり果てた父親の姿に触れ、骸《むくろ》に縋《すが》り泣き崩れたという。

　他の同心達は娘の気持ちを慮《おもんぱか》って、父親を斬ったのは血酔いの鬼鮫の一味の者であるということにしたが、

「それからというもの、おれの目には血に染まった父親に取り縋って泣いている娘の姿が……。おれの耳には娘の悲痛な叫び声が……、いつまでも取りついて離れぬのだ……！」

継之助は頭を抱えてその場に踞《うずくま》った。

その幻影、幻聴が永光継之助をして刀を抜けぬようにさせたのは間違いのない事実であろう。

竜蔵は何と言葉をかけてよいやらわからず、思い出したくないことを、自分に語ってくれた継之助の気持ちにまず応えんと、その場に畏まり威儀を正した。

「永光さん……。そのようなことがあったとは存ぜず、道場へ来てくれなどと、勝手なことを申しました。お許し下さりませ……」

継之助は大きく息を吐いて、

「いや、どういうわけだか竜蔵、おぬしには話すことが出来た。辛《つら》い思い出は時に吐き出してみると楽になるものだな……」

「御役に立てて何よりです」

「おれが何故に竹光継之助になってしまったか、わかってくれたか」

「はい……」

「では、もうおれに石を投げるな」

「申し訳ございませぬ……」

首を竦《すく》める竜蔵を見て、継之助の顔に笑みが戻った。

竜蔵はお勝の叔父のことを伝えに来たことを何とはなしに言いそびれた。

凄絶《せいぜつ》な話を聞かされた後で、そのことを改めて今、継之助に伝える気分にはなれなかったのである。

竜蔵は一人の男として、同じ藤川道場で剣を学んだ者としての言葉をまず、継之助にかけねばならぬと思ったのだ。

「さりながら、それでもなおこの峡竜蔵は、永光さんにいつか道場にて仕合稽古を願いたいと思っております」

竜蔵はじっと目に力を込めて言った。

「もうお忘れになられたかもしれませぬが、五年前になりましょうか。永光さんは藤川道場の門人がこぞって仕合をした時に、十人抜きをなされました」

「そんなこともあったたな」

「あの時永光さんは、一人を抜く度に、〝よし、これからだ〟そう自分に語りかけておいででした」

「よし、これからだ……、か」

「はい。何人抜こうがこれからだ……。某はその言葉に感じ入ったものにございました。どれだけ剣に習熟しようとも、絶えず初めの一歩を踏み出す所にいる……。それが一芸を修行する者の大事な心得であると」

「おぬしはそのようにおれの呟《つぶや》きを聞いてくれていたか」

「はい。そうして、十人抜きの最後の相手が某でござった」

「覚えている……」

「竜蔵、おれは負けず嫌いだが、いつかお前に負けてみたい。その時までしっかりと稽古に励め……。仕合の後、永光さんはそう、声をかけてくれました」

「それも覚えている……」

継之助が懐かしそうに応える様子に、竜蔵はにっこりと笑った。

「嬉しゅうござる。こんなことを言って、覚えておいでなければ恥ずかしい……。それゆえ黙っていようと思いましたが、小石を投げたお蔭で話すことが出来ました」

「竜蔵、今のおれは初めの一歩を踏み出す場所さえ見失った。もうおれのことは諦めてくれ」

「諦めませぬ。刀が抜けぬようになったとて、剣術は出来ます。剣術の素晴らしいところは強くなれば弱い者を守ってやれるところです。永光さんが剣を捨てれば、命を落とした旅の男が浮かばれませぬぞ……」

「竜蔵……」

「御免下さりませ……」

竜蔵はその日も道場に永光継之助を連れて帰られぬまま目黒の地を後にした。

思い出したくもない一件を思いもかけず打ち明けられた興奮と感動が、ますます永光継之助にもう一度剣を取らせたいという気持ちに竜蔵を駆り立てた。

しかし、閉ざされた心の扉をこじあけてみれば、その奥には想像以上に深い闇が広がっていて、いくら天真爛漫《らんまん》たるお勝を助っ人に迎えようと、ここに棲《す》む鬼を退治することはなかなか難しそうに思われた。

それからしばらくの間、諦めぬと言い置いて帰ったものの、峡竜蔵は永光継之助を訪ねることが出来ずにいたのであるが――月見の宵《よい》が待ち遠しくなった頃。

網結の半次が、聞き捨てならぬ報せを竜蔵にもたらすことになる。

五

「てつ、……」

「へい……」

「里次郎に娘がいるそうだな。調べはついているのかい」

「娘ったって、生さぬ仲で預かっていただけのようですが」

「育ての親なら立派な親だよう」

「へい、そいつは確かに……」

「名は何ていうんだ」

「お勝といって、かなりの跳ねっ返りで。里次郎の奴、女房が死んでちょっかいを出して、散々に踏みつけられたとか」

「ヘッ、ヘッ、ヘッ、馬鹿な野郎だ」

「まったくで」

「だが、野郎がちょっかいを出したくなったってことは、器量は悪くねえようだな」

「へい、気の強そうな顔はしておりやすが、それなりに体もふっくらとしていて、磨きゃあいい珠《たま》になりそうですぜ」

「四、五十両で売れそうか」

「歳は十七でやすから、それくれえの値はつくんじゃあねえですかねえ」

「そいつは悪くねえな、お前、あらかじめ話をつけといてくんねえ」

「へい、承知致しやした……」


行人坂の長屋を逃げるように出た、お勝の叔父・里次郎——。

その後は網結の半次の調べ通り、甘酒屋を営む後家の許へと転がりこみ、ここも追い出された後は、広尾の博奕打ち・勘六の世話になっていたものの、不良旗本の情婦にちょっかいを出し、半殺しの目に遭ったことは前述した。

今は、てつと呼ばれる勘六の乾分が営む水茶屋で、殴られ蹴られした足を引きずり、傷跡を労りながら下足番などをして暮らしていた。

「勘六、こいつはお前の身内の不始末だ、何とかしねえとおれはしつこいぜ……」

里次郎が情婦にちょっかいを出したことで、不良旗本に凄《すご》まれ十両の金子を払わせられた勘六は、里次郎を痛めつけた後、簀巻《すまき》にして大川へでも投げこんでやろうと息まいたが、殺すよりも役に立たせることはないかと思い直して考えていたところ、お勝の存在をてつが嗅《か》ぎつけた――。

それが勘六とてつとの件の会話となったわけだが、早速てつは女衒《ぜげん》に、

「歳は十七、お勝という娘がいるんだが、どこか売り所を考えておいてくれねえか……」

などと渡りをつけた。

「まず、売り物を見ておきませんとねえ」

女衒はてつにお勝の居所を聞いて、そっと目黒・瀧泉寺門前の八兵衛店に足を運ん

で値踏みをしたが、

「てつさん、さすがは水茶屋をしているだけのことはありますねえ。お勝って娘なら五十両で頂きますよ」

と、てつに報せた。

それを聞いて勘六は上機嫌で、

「里次郎をすぐに殺さねえでよかったぜ。聞きゃあ長屋には一人で住んでいるそうじゃねえか……」

「へい、ですが親分、どうやって娘を頂こうってんです。まさか無理矢理攫《さら》うってわけにもいかねえでしょう」

「そこはお前、里次郎の野郎を使って名目を立てりゃあいいぜ」

「名目……ですかい」

「そういうことよ……」

勘六の言う名目とは、〝犬畜生騒ぎ〟ですっかりと面目を失った里次郎が、八兵衛店にお勝を訪ねて、

「あの時はすまなかった……。また昔のように暮らそうなどとは言わねえが、お前の育ての親としてあっちゃあいけねえことをした詫《わ》びを、一言告げたくてな……」

などと言って頭を下げる。

そこへ、里次郎に貸した金の証文を掲げて、勘六の乾分が乗り込み、

「里次郎、お前こんな所にいやがったのか」

「貸した金を踏み倒そうったってそうはいかねえぞ」

「何でえ、これはお前の娘かい」

「生さぬ仲でも、お前と死んだ女房が育てたんだろう、関《かか》わりがねえとは言わしゃあしねえぞ」

などと言い募り、有無を言わさず二人を連れて外へ出る。

そこからお勝は駕籠《かご》に押し込み、千住の女郎屋へ叩き売るのだ。

「なるほどねえ……」

てつは話を聞いてニヤリと笑った。

「それじゃあ、やはり、無理矢理攫うってことじゃねえですか」

勘六はしたり顔で、

「やくざが銭を稼ぐのに理屈はいらねえんだよう……」

ゆったりと、煙管《キセル》をくゆらせたものだ。

すぐに里次郎は勘六の前に呼び出され、件の名目完遂のためにと、因果を含められ

た。

「へい、承知致しやした……」

　意外や里次郎はあっさりと引き受けて、

「あっしにもその……分け前を頂戴《ちようだい》願えませんかねえ……」

と、養い子を平気で売りとばす算段を自ら進んでつけた。

「ふん、あのお勝め、女房がどうしても引き取るというから仕方なく育ててやったが、酒に酔ったあっしを踏みつけにして、恥をかかせやがって、どうせそのうちに思い知らせてやるつもりでございました……」

　元はと言えば、里次郎もおとなしい版木職人で、女房の尻に敷かれ、気の弱さを酒で紛らしていただけの男であった。それが女房に死なれてからたがが外れ、〝朱に交われば赤くなる〟の言葉の通り、勘六の許に身を寄せたのが身の破滅となったようだ。

　里次郎が八兵衛店を訪ねるのは三日後と決った。女衒が千住の女郎屋との段取りをその日につけたのである。

　そして八兵衛店には見張りがつけられ、お勝の動向が逐一勘六に伝えられることになった。

　それによると、お勝は正午過ぎには必ず長屋で傘の内職をしていることがわかった。

その時分ならば手習いから中食《ちゅうじき》をとりに帰って来る子供達も再び長屋を出る。男達も仕事に出払っている。

お勝と仲の好い浪人者の住まいも、近いとはいえ、裏の田圃道を隔てている。さっさと済ませれば駆けつける前にお勝はもう駕籠の中であろう。

「まあ、駆けつけたところで、その浪人は竹光継之助とかいう、まるで腕の立たねえ、腑抜《ふぬ》けみてえな野郎のようで……」

見張りからの報せに勘六はますます上機嫌で、当日は勘六自らが乾分を引き連れ、目黒不動尊を詣《もう》で、物見遊山を兼ねて出かけたのであったが――。

八兵衛店へ刻限の九つ半に出かけると、久し振りの養い子との対面を果しているはずの里次郎が怪訝《けげん》な顔をして木戸口から出て来た。さっきまでいつものように家に居て内職をしていたお勝が出て行ったようでいないというのだ。

「何だと、わざわざおれが出向いて来てやったのに、どけえ行きやがったんだ……」

千住の女郎屋とも早く話をつけてしまいたかったというのに、若い衆は何を見張っていやがったとたちまち機嫌が悪くなったところへ、その見張りの若い衆が戻って来て、

「親分、お勝は今、竹光浪人の家におりやすぜ」

と、告げた。

「仲の好い浪人の家へかい。里次郎、お前の娘は色気付きやがったか」

何やら肩すかしを喰らって里次郎に当たる勘六であったが、

「いえ、それが、おかしな浪人がお勝の家を訪ねて来て、竹光浪人の家へ連れて行きやがったんで」

「おかしな浪人だと？　どんな野郎だ……」

「それが随分と酔っ払っているようで、ここにいちゃあ危ねえから、永光さんの家で匿《かくま》ってもらいな、なんてよれよれになりながらでけえ声で叫んでおりやした」

「ここにいちゃあ危ねえ……。どうなってんだ！　おれ達の動きをその野郎は知ってやがるってことかい」

勘六は歯嚙《はが》みすると、

「酔っ払いの浪人に竹光浪人か……。上等じゃねえか……。てつ、用心棒を二人ばかり連れて来い」

「へいッ！」

「考えようによっちゃあ、長屋に押しかけるより、野中の一軒家の方が都合が好いぜ……」

広尾の勘六は男伊達《だて》で生きてきた俠客《きょうかく》ではない。

金で力を得て、その力で金を増やし、さらにその金で力を確固たるものにしてきた破落戸の親玉である。

ゆえに何よりも損をすることが嫌いなのだ。

だが、濁った水で暮らすと、濁った中のものしか見えなくなってくる。

世の中には損得とは無縁の澄んだ水にしか暮らせぬものがいて、それがゆえに濁ったものをあっという間に浄化する恐ろしい力を持っていることを、今の勘六も勘六の乾分達もまるで知らなかったのである。

六

永光継之助の家にお勝を連れて来た浪人とは、言わずと知れた峡竜蔵であった。

竜蔵はお勝を長屋に訪ねるや、ひどく酔っ払った様子で、

「おう、いきなりですまねえが、お前はおれのことを覚えているな」

と、問うた。

「ああ、覚えているよ。峡先生だろ。どうしたんです、昼間っから酔っ払って……」

お勝は生意気な返事を返したが、竜蔵の様子に面喰らった。

「すまねえ、こいつは昨日の晩からの酒が抜けなくってよう。だがどうしてもお前に報せねえといけねえことがあったんだ……」

「あたしに報せないといけないこと？」

「お前の里次郎って叔父が、お前を女郎に売りとばそうとしているぜ……」

「何だって……」

網結の半次の手の者達が、てつが女衒とよからぬ商談をしていることを察知して、広尾の勘六の悪巧みは明らかとなった。

稽古終りの道場で、竹中庄太夫、神森新吾と共に網結の半次の報告を受けた竜蔵は、その日遅くまで策を立てたのであるが、どういうわけか勘六達の目を抜いてお勝を連れ出すのに、竜蔵はべろべろの二日酔いの体《てい》で八兵衛店にやって来たのである。

「とにかく、永光さんの家へ逃げよう」

「永光の旦那の所へ逃げたって旦那は腕がからきし立たないし、先生もそんなに酔っ払ってちゃあ、かえって迷惑がかかるってもんだよう」

一度言葉を交しただけの竜蔵ではあるが継之助の昔馴染であり、その爽やかな人となりに触れ、お勝は酔っ払って現われたこの風変わりな剣客の言葉を疑わず、彼女なりに継之助のことを気遣った。

「いや、心配いらねえ。おれは遣いもんにならなくても、ちゃあんと助っ人が来ることになっているんだ。とにかくおれを信じて、永光さんの家へ一緒に行ってくれ……」

そうして、お勝を連れ出して永光継之助の浪宅へ押しかけたのであるが、話を聞いて継之助は困惑の色を浮かべた。

「竜蔵、よくぞお勝の危急を報せてくれたな。だが、何故におれの家などに連れて来たのだ。おれが竹光しか持ってはおらぬことを知っているはずだ」

「ここが一番近いいし、某の門人が、すぐに駆けつけることになっております。なに、酒に酔っているとはいえ、町の破落戸など、いざともなればこの竜蔵一人でどうにでもなりますよ……」

「それはそうであろうが……」

「徒《いたずら》に逃げ回るよりも、ここで決着をつけた方が、この先お勝のためにも好いではありませんか……」

そう言われると竜蔵の言う通りではある。

「だが、おぬしは何故それほどまで酒に酔っているのだ」

どうも竜蔵の行動にお勝と共に首を傾《かし》げる継之助であったが、

「はい、それが喧嘩の仲裁をしたところ、手打ちの宴が朝まで続いてしまいまして……。面目ございませぬ」

そして、酔いが醒《さ》めぬままに勘六一家の動向を報されて、とりも直さず自分が駆けつけたのだと竜蔵は言った。

それはいかにも竜蔵らしい行動だと思ったし、竜蔵が律儀にもお勝の叔父の動きを探っていてくれたことも嬉しかったが、

――竜蔵の奴め、何かを企んでいるような。

同時にそんな気がした継之助であった。

それから一刻（約二時間）ばかり経《た》ったが、竜蔵の門人は誰も駆けつけてこなかったし、竜蔵はというと、ごろりと横になったまま高鼾《たかいびき》を決めこんでいる。

「先生は、酒に酔って夢でも見たんじゃないのかねえ……」

お勝は継之助の内職を手伝いながらふっと笑った。

だいたい、あの小心でひ弱な叔父の里次郎が、やくざ者を連れて自分を攫いに来るとも思えない。これは竜蔵の思い違いではないかと言うのである。

「いや、そうではないようだ……」

その時――永光継之助の五感を何かが刺激した。

それは凶悪な賊徒と渡り合っていた頃に覚えた独特の胸騒ぎであった。人との触れ合いを極力避けて、穏やかに暮らして来たこの歳月、どこかに置き忘れていた感覚であったが、体は勝手に覚えていたようだ。

実際――外を見回すと、数人のやくざ者が用心棒まで伴って田圃道をやって来る様子が目に入った。

「竜蔵……」

呼べど竜蔵は目を覚まさない。

「まったく役に立たない先生だねえ……」

男勝りのお勝もさすがに不安な表情を浮かべた。

たちまち勘六達は永光継之助の浪宅へと迫り、庭の方へと雪崩《なだ》れ込んできた。

里次郎はてつに首根っ子を摑まれた状態で勘六の傍にいる。

相手に動きを悟られていたことで、勘六は作戦を変更したようだ。

竜蔵はまだ目覚めない。

仕方なく継之助は縁に立ち、

「わたしの背中から離れるな……」

と、お勝にそっと告げた。

「旦那、無理しなくていいよ。あたしが話をつけるからさ」

「話がつく相手ではない。好いから離れるな」

継之助はこの時、小脇差《こわきざし》のひとつ身にも帯びていなかったが、お勝を窘める言葉、挙作動作は落ちついていた。

日頃の穏やかな継之助しか知らぬお勝は、別人のような厳しい継之助の様子に目を丸くした。

「お勝ってえのはお前か……」

勘六がどすの利いた声を発した。

「そうだが何か用か……」

継之助が代わって応えた。

「そんなら旦那、その娘をこっちに渡してもらいましょうか」

「お勝をどうするつもりだ」

「この野郎の不始末をどうしてくれるか相談させてもらおうと思いましてねえ」

「何故、そ奴の不始末の尻拭《しりぬぐ》いを、お勝が致さねばならぬのだ」

「親の不始末を娘が償うのは当り前のことじゃあござんせんか。この野郎に貸した金が五十両、こちとら踏み倒されたら堪ったものじゃあねえんでねえ」

勘六は里次郎にちらりと目をやって、懐から証文を出して掲げて見せた。

「そんな奴、親でも何でもないよ！」

お勝が叫んだ。

「やかましいやい！　育ててくれた親が、お前はどうなっても好いってえのか。この恩知らずが！」

里次郎の首根っ子を押さえつけているてつが、里次郎の体を揺さぶりつつ凄んだ。

「そんな奴……、そんな奴、どうなったって知ったことかい！」

「お勝……」

継之助は振り返って労るようにお勝を見た。

叫ぶお勝の目に悔し涙が浮かんでいた。今まで一度たりとも継之助の前で弱味を見せず、いつも継之助の尻を叩くように調子づけてくれたお勝が見せる初めての泣き顔であった。

その顔は、あの日継之助が過って斬った旅の男の亡骸に縋って泣いていた、娘のものと重なって見えた。

──おのれ。悪人共め。

継之助の体内に眠っていた怒りの感情が沸々と湧《わ》き上がってきた。

「継之助、あの一件はおぬしが悪いのではない、あのような斬り合いを引き起こした悪人共がいけないのだ」

三年前、火付盗賊改方の上役は継之助にそう言って慰めてくれた。

しかし、罪無き者を斬ってしまった衝撃は継之助から悪人共を憎む気持ちさえ奪ってしまったのだ。

それが今、お勝の涙によって悪を憎む永光継之助が蘇《よみがえ》った……。

「お勝は渡さぬ、さっさと帰れ」

継之助は静かに言った。その声音はずしりと重かった。

「帰れ……？　こっちもここへ来るのに元手がかかっているんだ。渡さねえと言うなら、腕ずくで頂いていきますぜ」

勘六は薄ら笑いを浮かべて言った。

板間の隅には相変わらず竜蔵が高鼾で大刀を抱えて眠りこけている。

しかし、今の継之助には竜蔵の姿は目に入らなかった。

この娘を悪人共の手から守ってやるのだ——その想いが彼の体を自然と鼓舞していた。

「けッ、竹光野郎がでけえ口を叩きやがって、おう、娘を連れていけ！」

勘六に促されて、若い衆が二人、庭から板間にずかずかと上がったが、途端、継之助によって再び庭へと蹴り落とされた。

「旦那……」

その身のこなしの素早さにお勝は目を見開いたが、

「おれから離れるな！」

凛《りん》とした言葉にさっと継之助の背に隠れた。

「畜生め、やりやがったな……」

乾分達は意外な継之助の動きに戸惑ったが、相手は丸腰——懐から匕首《あいくち》を抜いてじりじりと迫った。

「野郎！」

そして一気に左右から襲いかかったが、その刹那、継之助は小腰を屈め、足下にあった内職の傘を拾うや、これで乾分二人の胴を突いて倒すと正面から来た一人には喉《のど》元《もと》に突きを見舞った。

「旦那……、どうしちまったんだい……」

背後からお勝の感嘆が聞こえた。

継之助は剣を捨てた。しかし、長年体に鍛えこまれた武芸の技は彼の体を離れ落ちることはなかったのだ。

「あ、あの野郎……」

勘六はあてが外れてうろたえた。

てつは里次郎から手を放して、二人並んで呆気《あっけ》にとられてこれを見ていた。

「任せておけ……」

ここで用心棒二人が抜刀した。さすがに喧嘩で飯を食っている武士である。破落戸共とは格段の腕の違いがその物腰でわかる。

「おぬし、なかなか遣うようだが、傘《からかさ》一本ではおれ達の剣と渡り合えぬぞ……」

二人の浪人はそれぞれ刀を八双《はっそう》に構え、じりじりと継之助との間を詰めた。

――たとえこの身は斬られても、お勝は守ってみせる。

継之助は腹を決めた。

しかしこの時――継之助はすっかりと一人の仲間の存在を忘れていた。

「永光さん！」

天に響くような大音声をあげたのは、それまで酔い潰《つぶ》れて寝ていた峡竜蔵であった。

「竜蔵……」

ほっとして竜蔵の方を見た継之助へ向かって、竜蔵は己が差料《さしりょう》を鞘ごと投げつけた。

「うむ！」

継之助がこれを受け止めたと同時に、用心棒二人が殺到した。

継之助、少しも慌てず、手にした峡竜蔵の愛刀・藤原長綱《ふじわらながつな》二尺三寸五分を抜き放つや、

「えいッ！」

と右から来た一人の一刀を左にかわし、腰を屈めて相手の左膝《ひだりひざ》を斬った。

もんどりうって倒れる一人に目もくれず、継之助はもう一人が、

「やあッ！」

と突き入れた手練《しゅれん》の一撃を、返す刀で豪快に上から叩き落とすと、

「とうッ！」

と相手の手許を斬った。

ポトリと縁側に切断された二本の指が落ちた。用心棒は苦痛に己が刀を落として逃げようとしたところを、峡竜蔵に殴り倒された。

ふと見ると、庭にいた勘六、てつ、里次郎は、継之助に刀を投げ与えるや庭へと飛び降りた竜蔵によって殴られ、蹴られ、投げとばされ、既に呻《うめ》き声を発しながら地を這《は》っていた。

争闘は終わった――。

「竜蔵！　おぬし、酔ったふりをしておったな！」

継之助ははっと我に返り、抜き身を引っ提げたまま竜蔵に怒った。

「はッ、はッ、お許し下さりませ。この峡竜蔵、どうしても永光さんが刀を抜いたところを見とうござってな」

「なんだと……。おれが刀を抜いたところを……？　はかられた！」

継之助は知らず知らずのうちに刀を抜いて斬り合っていた自分にやっと気付いた。

「竜蔵、おぬし、おれが斬られたら何とするつもりであったのだ！」

「なに、今まで散々、凶悪な賊徒と渡り合ってきた永光さんが、まさかこんな奴らに後れはとりますまい」

「おれは道場師範のおぬしと違って、もう何年も刀を抜いておらなんだのだぞ」

「いやいや、まったくそうは見えませなんだ。おめでとうございます」

「何がめでたい」

「大事な味方を助けてあげられたではありませんか」

竜蔵はにっこりと笑った。

継之助はその笑顔を見た時、何故か知らねど泣けてきた。

「そうだな。そうだ、お前の言う通りだ……」

継之助は腰の手拭《てぬぐ》いでしっかりと刀の血を拭うと、納刀《のうとう》して竜蔵に返した。

「竜蔵、おぬしの言う通りだ。役儀を捨て浪人したとて、剣を捨てることはなかったのだ……」

そして、

「忝い……、真に忝い……」

継之助は、何度も何度も竜蔵とお勝に頭を下げた。

あの日の過ちが継之助にもたらした呪縛《じゆばく》を、見事に自分から取り払ってくれた二人の恩人に、頭を下げ続けたのである。

「何でもいいよ……。旦那も先生もひどいよ。そんなに強いのに二人とももったいつけてさ、あたしはどうなることかと思ったよ……」

お勝は庭に倒れている悪者共を見回して、へなへなとその場に座りこんだ。


峡竜蔵が、念願であった永光継之助との剣術稽古を果したのは、庭に菊が咲き誇る藤川道場でのことであった。

勘六以下一味の者は、八兵衛店の大家八兵衛の通報を受けた火付盗賊改方の手によって、押し込み強盗としてことごとく連行された。

「とんでもねえ……、あっしらはただ貸した金を返してもらおうと……」

などと慌てふためいた勘六であったが、有無を言わさぬ火盗改の詮議はそういう言い訳を許さず、次々に小伝馬町《こでんまちよう》の牢《ろう》へと放《ほう》りこまれたのである。

その際、永光継之助のかつての同僚達は継之助の活躍を大いに喜び再会を懐しんだという。

同僚達の話によると、あの日、継之助が過って斬った旅の男の娘は、同心達の尽力によって今はしかるべき商家の養女となって幸せに暮らしているそうな。

すっかりと心の傷から立ち直った継之助は、久し振りに藤川道場へと挨拶に出向き、赤石郡司兵衛の勧めに従って、藤川道場の師範代としてここに住まいを得ることとなったのだ。

三年に渡る〝竹光継之助〟としての暮らしを送ったものの、日々の稽古によって継之助の勘はすっかりと呼び戻され、いよいよ竜蔵と稽古で立合う日を迎えたのである。

「竜蔵、以前おれはおぬしに負けてみたいと申したな」

律々しい稽古着、防具姿の継之助は、面を着装しながら竜蔵に言った。

「いかにも申されました」

同じく竜蔵も応える。

「あれは嘘《うそ》だ……」

「嘘ですと？」

「ああ、負けた時の言い訳をしていたに過ぎぬ」

「では勝たせては下さらぬので」

「お前だけには負けたくない」

「どうしてです」

「調子に乗ると、おぬしは手がつけられぬほど強くなりそうだ。それが気にいらぬ」

「いやしかし、勝たせて頂きましょう。この日が来るのを長い間待っておりましたゆえ」

そんな二人を郡司兵衛は、

「黙って面をつけろ……」

と、叱りつけたが、その目は嬉しそうに笑っていた。

「いざ……」

やがて面を着け終えた二人は道場の中央へ出て対峙《たいじ》した。

あの〝十人抜き〟を果した永光継之助が、かつて藤川弥司郎右衛門が手塩にかけて育てた剛剣・峡竜蔵と久し振りに立合うのである。

門人ならずとも、赤石郡司兵衛の表情が綻ぶのも無理はない。

「やはり永光さんはあのお姿がお似合いです」

道場に続く廊下の片隅からそっと二人の姿を見ている女が二人――こう呟いたのは綾であった。

「わたしはその頃の永光先生を存じませんので……初めて口入屋の前でお見かけした時のことを思いますと嘘のようです……」

綾にそう応えたのは、永光継之助が師範代として藤川道場に復帰したのと同時に、かつて綾が務めたように、住み込みで道場の雑用をこなすようになったお勝であった。

今、お勝が発した言葉を継之助が聞いたら、その言葉はそのままお前に返そうと言われるであろうほどに、お勝もまた跳ね返りの小娘から大人の女へと変貌《へんぼう》しつつあった。

「綾坊、つまり人は人との出会いによって変わっていくってことだ。だからお前も好い出会いをしろよ……」

綾は今日も連れ立って藤川道場へ来た時、真面目《まじめ》くさった顔で兄貴風を吹かせた竜蔵の言葉を思い出した。

「好い出会い？　わたしはもうとっくに、これほどのものはないくらいの出会いを果しておりますよ……」

綾は心の内で呟いて、道場の峡竜蔵の勇姿をしっかりと見た。

「よし、これからだ！」

その時、永光継之助の一声に続き、雄々しい竜蔵の掛け声が道場に響き渡り、両雄が繰り出す竹刀が唸りをあげた。

第二話　奴と門番

一

「先生、あの人……、どこかで見たような気がするのですが……」

神森新吾が言うので、峡竜蔵は新吾の視線の先を見やった。

十間ほど向こうの武家屋敷の勝手門の前に、着流しに紗《しゃ》の薄羽織を引っかけ、腰に脇差《わきざし》のみを差した三十絡みの男の姿が見えた。

「そういやあ、そうだな……」

言われてみると、竜蔵にも見覚えがあった。

医師か学者か、それとも書画に通ずる風流人か――見かけはそのようだが、物腰はというと、どことなく武張《ぶば》っているような。

竜蔵と新吾が首を傾《かし》げている間に、その男は武家屋敷の勝手門の内へと姿を消した。

その途端、竜蔵の脳裏に一人の男の顔が浮かんだ。

「わかったぞ。佐原《さはら》様のところの勝手門にいる……」

「ああ、小野《おの》さんでしたか……」

竜蔵と新吾は顔を見合せて笑った。

時の大目付・佐原信濃守康秀《しなののかみやすひで》の赤坂清水谷の屋敷に仕える、小野伴内《ばんない》によく似ていたのである。

佐原邸への出稽古《でげいこ》の折、竜蔵は未《いま》だに勝手門から武芸場へと入る。

晴れがましいことが嫌いな竜蔵の性分でもあるし、門番を務めるこの小野伴内とあれこれ言葉を交わすのを楽しみにしているからでもある。

思えば初めて佐原邸への剣術指南に赴いた時、竜蔵を不審な浪人と見た小野を、竜蔵が軽く脅した。

しかし、それ以来すっかりと親しくなった二人であった。小野は勤務の合間を縫って、竜蔵の出稽古の日は武芸場で指南を請うたし、竜蔵は稽古の帰りに、辻《つじ》売りの鰻《うなぎ》を食べるのを付き合わせたりした。

そういう竜蔵と小野の仲なので、このところ竜蔵の供をすることが多い新吾も小野伴内のことはよく知っていたのである。

今も竜蔵、新吾の師弟は、佐原邸への出稽古の帰り道で、飯倉片町《いいくらかたまち》の通りにさしか

かったところであったのだが、

「そういえば今日は小野さん、非番だったようですね」

新吾が言った。

「そうだったな……」

小野が竜蔵の出稽古の日に非番を合わせることは今までなかっただけに、

「何だい、今日はおれの相棒はお休みかい。外にいい女《の》でもこしらえたのかねえ……」

などと他の門番に軽口をたたきながら、新吾を連れて門を潜《くぐ》った竜蔵であった。

「ひょっとして小野さん、あの屋敷で手慰みでも……」

新吾は壺《つぼ》を振る真似《まね》をしてみせた。

今は剣一筋の新吾だが、峡道場へ入門するまでは、旗本の不良息子の取り巻きを心ならずもしていた。その折に微行《びこう》で武家屋敷の中間《ちゅうげん》部屋での博奕《ばくち》場に出入りしたこともある。

師の竜蔵も放埒《ほうらつ》な暮らしに身を置いていたことでは、新吾より数段上であるから、すぐにその意は通ずる。

「まさか……。小野伴内は辻売りの鰻を食うくれえしか道楽のねえ、なかなかの堅物だぞ」

それが非番に外出をして、他家の屋敷へ博奕など打ちに行くはずがないではないかと竜蔵は言った。

「はッ、はッ、そうでしたね。いかにも番人に相応《ふさわ》しい人でした」

新吾は爽《さわ》やかな笑い声をあげた。

そうして師弟は峡道場への帰り道を急いだ。

それが夜ともなれば月見を楽しむ頃であったのだが、半月後の佐原邸への出稽古の折――。

この日、峡竜蔵は三田二丁目の道場に、剣友・桑野《くわの》益五郎《ますごろう》が型の稽古をさせてもらいたいと来ることになっていたので、神森新吾にその相手を務めるように申し付け、単身屋敷を訪れた。

先日は非番であった小野伴内が、にこやかに竜蔵を出迎えた。

「よう、伴さん、久し振りだねえ。この前はお前さんがいなかったから寂しかったよ」

竜蔵がそんな言葉をかけるので、小野はますます相好《そうごう》を崩した。

竜蔵は、先日飯倉片町の通りで見かけた小野伴内に似た男のことをふっと思い出し

て、

「その代わり、お前さんによく似た男を見かけておかしかったよ」

と、新吾と噂《うわさ》をしていたことを告げて愉快に笑った。

「左様でございましたか……」

言われて小野は、その笑顔を強張《こわば》らせた。

「やっぱり伴さんだったんじゃねえのかい」

小野が笑顔を強張らせたのは、彼が堅物ゆえに、そんな所に自分とよく似た男が出没するなどまったく迷惑な話だと思ったのであろうと解した竜蔵は、さらにからかうようにぽんと肩を叩《たた》いて門を潜った。

「峡先生……」

小野は竜蔵を呼び止め、

「辻売りの鰻を、帰りに誘って下さりませぬか……」

と小声で言った。

「おやすい御用だよ……」

日頃は竜蔵が付き合せていることだが、珍しく小野から声をかけてきたので、竜蔵は少し嬉《うれ》しくなってその日の稽古に臨んだ。

いつものように、稽古には途中から小野伴内も加わった。真顔で声を限りに竹刀《しない》を揮《ふる》う小野の剣技はなかなかに上達してきている。

竜蔵は目を細めつつ、その帰りには約束通りに御勝手門脇の門番所を覗《のぞ》いて、

「伴さん、いるかい！」

と小野伴内を呼び出して、

「ちょいと借りていくぜ」

門の外へ連れ出した。

近頃では、佐原邸での〝名物指南役〟の人気はなかなかのものとなっていて、竜蔵が帰りに小野を連れて出ると、一様に他の番士達は羨《うらや》ましそうな顔をする。

その中を、少し照れたような誇らしいような表情を浮かべて、

「先生には逆えぬからな。ちと行って参る……」

とばかりに門番所を出て、竜蔵の後に続くのであるが、今日はいつになく小野伴内の表情には翳《かげ》りが漂っていた。

さすがに竜蔵も、来た時に見せた強張った顔といい、気になって、

「伴さん、何かおれに相談事でもあるのかい」

と、屋敷の外へ出た所で問いかけた。

「実は……、仰せの通りでございまして……」

小野は恐縮の体《てい》で応《こた》えた。

「やはりそうかい。なかなか屋敷の内では話せないことなんだな」

「はい……」

小野は神妙に頷《うなず》いた。

「うむ、そういう相談事をおれにしようってえのは好《い》い分別だ。鰻屋には後で門番所の皆への土産を焼かせるとして、そういうことなら、そこのそば屋へ行こうじゃねえか」

竜蔵は人に頼られると、もうそれだけで嬉しくなる。

その傾向はこのところ特に激しくなってきているようだ。

二人は佐原邸近くの一ツ木町にあるそば屋へと入った。

竜蔵は入れ込みの座敷の端に席を取り、小野伴内と向かい合った。

「どうやら先だって、先生に見られていたようにございます……」

小野は開口一番そう言って頭を掻《か》いた。

「見られていた……。てえのはもしや、飯倉片町の通りの侍屋敷のことかい」

「左様にございます……」

「左様にございます……て、やはりあれは伴さんだったのかい」

竜蔵は声を潜めた。

「はい、峡先生だからこそ、申し上げます。面目ございません、その……、わたしは、あの日、博奕場に出入りしていたのでございまする……」

「博奕場にねえ……」

ニヤリと笑う竜蔵を、慌てて両手で制して、

「と、申しましても、これには深い理由があってのことなのでございまする……」

小野は真剣な目差《まなざし》を向けた。

「わかった、とにかくその理由ってえのを聞こうじゃねえか」

竜蔵も真っ直ぐに小野を見た。

「博奕場で、人を探していたのです……」

小野伴内の話によると、彼が探している相手というのは加市《かいち》という男で歳《とし》は二十五、渡り中間をしているそうな。

相模国足柄《さがみのくにあしがら》から江戸へ出て来た加市に渡り中間の口を世話してやったのは小野であったのだが、いつしか音信が途絶え、そのうちに加市が旗本屋敷の中間部屋にだべり、博奕場に入り浸っているという噂を耳にした。

大名、旗本の屋敷内にある中間部屋は、町方役人の目の届かぬ所であり、ここが賭《ど》場《ば》と化すことは多々あることで、小野は加市が道を踏み外しはしないかと案じていただけに大いに落胆した。

　堅物の小野伴内にはなおさらのことであった。

「まあ、そういうわけで、加市を捉えて意見をしてやろうと、賭場が開かれているという旗本屋敷があると聞けばそこへ出かけて、加市の噂を訊《たず》ねることにしたのでございます……」

「なるほど、先だっての屋敷もその口だな」

「はい……」

「だが、賭場に行けば博奕をしないわけにもいくまい」

「それが困ります。博奕など何がおもしろいのかと思いながら、遊んだふりをするのが辛《つろ》うござります」

「ちょっとは勝ったかい」

「いえ、負けてばかりで……」

「そいつは物入りだな」

「小身のわたしにはこたえます」

「そこまでして伴さんが意見をしてやりてえ相手というのはいったい何者なんだい」

「それが……わたしの弟なのでござりまする……」

二

小野伴内は、佐原家の知行所がある相模国西郡《にしごおり》・足沢《あしざわ》村の名主の次男・宗次郎《そうじろう》として生まれた。

父の供をして江戸出府を果し領主・信濃守に拝謁したのが十年前のこと。

信濃守はかねてより体格も好く勤勉であるとの評判を耳にしていた宗次郎を一目見て気に入り、元より武家が名主として土着したという家筋のことである。名字を許されている小野の姓に伴内と名乗らせて若党として抱えた。

伴内はそれ以降よく勤め、御勝手門警衛の番士の組頭《くみがしら》として、時に主君・信濃守が物好きにも微行で、竜蔵の昔馴染《むかしなじみ》の常磐津《ときわず》の師匠・お才《さい》の許《もと》へ稽古に通う時の世話を任されたりしている。

名字帯刀を許されてはいるが決して身分は高いわけでもなく、微禄《びろく》である。

それでも、実家が富裕であるので、伴内は他の軽輩の者達に比べると不自由なく武家奉公ができたし、今の暮らしに充実を覚えていたのだが、そんな伴内の頭を悩ますことがひとつだけあった。

それが加市という弟の存在であった。

加市は小野伴内の父親が、名主屋敷に仕えるたねという下女に手をつけて生ませた子で、小野にとっては異母弟にあたる。

伴内の母親は悋気《りんき》が激しく、たねが懐妊したことを知って烈火の如く怒り狂い、腹の子供諸共《もろとも》、屋敷から追い出した。

母子には僅《わず》かばかりの金子《きんす》と田畑が与えられたが、小野の母は何かというと母子を目の敵《かたき》にして苛《いじ》めぬいた。

父は優しい男であったが、妻の勢いに押され、ただおろおろとするばかりであった。

正義感が強い少年であった小野伴内は、母が違うといえど自分の弟が辛《つら》い目に遭っていることに憤りを覚えた。

母が下女を憎む気持ちはわからぬでもないが、すべては父がおこしたゆえの結果であって、異母弟には何の罪咎《つみとが》もないではないか——。

宗次郎という名であった頃。

小野伴内は母親に内緒で、幼い加市に菓子をそっと持って行ってやったりしたものだが、父親が亡くなり兄の宗兵衛《そうべえ》が跡を継ぐと、宗兵衛は母親の意を受けて、僅かばかりの田畑まで取りあげ、そこからたねと加市をさらに追い出したのである。

この時、小野は既に江戸へ出て佐原家に仕えていたので、随分と経《た》ってからこれを知った。

故郷《くに》を出る時、小野は兄・宗兵衛に加市のことを何とかしてやるようにと願い、宗兵衛も、

「母親は違えど加市は弟だ、身の立つようにしてやるつもりだ」

と言っていたものを――。

小野は宗兵衛を詰《なじ》る文を送ったが、母の手前そのようにしたものの、加市はたねの親類に母と共に引き取られて食うに困らず暮らしている。自分もそっと援助をしているから心配はいらないという返事が来た。

「その文を見て安心を致しておったのですが、実のところはそうではなかったのです」

「引き取ったという親類の家でも邪魔にされたか……」

「そのようで……。名主の家から睨《にら》まれ、兄の宗兵衛が時折渡す物もいかほどでもなく、親子は随分と肩身の狭い想《おも》いをしたといいます」

「それで加市って弟は江戸へ……」

「はい、村を捨てて出て来たのでござりまする」

加市は村の者達の仕打ちを恨み、ぐれて次第に暴れ者になっていった。

村の者達も、

「おれの親父《おやじ》もお前らの薄情を見て、さぞかし草葉の陰で泣いているだろうよ！」

などと言いたてられると後生《ごしよう》が悪く、随分と持て余したようだ。

加市の方も村にいたとておもしろくはない。ある日、ぷいっと村を出て江戸へ出て来たのである。

そして加市は突如として、佐原邸の前へと姿を見せた。

まだ子供の頃、宗次郎という兄だけは自分に優しかったことを、加市は覚えていた。

その宗次郎が、今は五千石の旗本の屋敷で番士をしていると聞き、さすがに江戸での暮らしに不安を覚えたのか訪ねて来たのである。

だが訪ねたものの、五千石の旗本屋敷の威容に圧倒されたか、加市は屋敷の前をうろうろとして、兄・伴内の姿を探していた。

「何をうろうろとしている……」

小野はそれを見咎《みとが》めて加市の傍へ寄ってきたが、

「兄貴に会いに来たんだよ……」

ニヤリと笑ったその顔を見て驚いた。

「加市ではないか……」

「村を出て来たんだ……」

この時、小野は佐原家に仕えて五年を過ぎていたが、まだまだ自分の裁量で故郷《くに》を出て来た弟を屋敷内に入れてやる余裕はなかった。

ましてや、いきなりのこととなるとなおさらである。

とにかく、田舎者に道を教えてやる体で門から少し離れ、翌日に氷川明神の鳥居前まで来るよう耳打ちして、懐にあった僅かばかりの銭を与えた。

小野にしては精一杯の好情であったが、

「ふん、門前払いとはこのことかい。それでもまあ、薄情者の宗兵衛の兄貴よりはましか……」

加市は生意気な口を利いてその場から去っていった。

母のたねと自分を厄介払いした本家の不人情を、総身に受けて育ってきた加市にとっては、自分に優しくしてくれたはずの小野伴内とて同じ穴の貉《むじな》に思えて、素直に助けてくれとは言えなかったのであろう。

そして翌日。

その日、小野は非番で、朝から氷川明神へと出かけた。

鳥居下には既に加市が来ていて、江戸の人の多さに目をぱちくりとさせていた。

それでも小野の姿を見ると強がって、

「ひでえ宿だったぜ……」

と、昨日道端で耳打ちして教えてやった、芝口《しばぐち》の木賃宿《きちんやど》の文句を言った。

「何故《なぜ》黙って村を出たのだ……」

小野は問うた。

「何故？　兄貴はあの村を出て随分と経つからわからねえんだよ。おれとお袋がどれだけ惨めな暮らしを送ってきたかってことをよ」

「だが、宗兵衛の兄は、文でお前達のことはそっと面倒を見ていると……」

「何を吐《ぬ》かしやがるんだ。あの鬼婆《おにばば》ァの言いなりになって、小っぽけな田畑さえおれにくれてやるのが惜しくなって追い出したくせによう」

「いや、お前達の落ち着き先に、決った銭を送っているとあったが」

「ほんの少し、気が向いた時にめくされ金をな。お袋の親類ってのもどうしようもねえ抜作ばっかりでよう。おれ達がいるから名主に睨まれるなんて嫌味を言うくせに、その銭をあてにしてやがる。おれは馬鹿馬鹿しくなってよ。それなら出て行ってやらあと、親類の連中を皆ぶん殴って江戸へ来たんだよ……」

加市は一気にまくしたてた。

話を聞いて、小野伴内は実家の兄の裏切りに憤ったが、今さら因果を含めて村へ帰したところでうまくもいくまい。

そのままこの異母弟を江戸で暮らせるようにしてやろうと思った。

「お前のお袋殿は、お前がおらぬようになっても暮らしていけるのか」

「お袋は心配いらねえよ。あれで、あんたとおれの親父からはちゃっかりもらうものはもらっているし、あんたのお袋もいつまでも生きちゃあいまい。そのうちどこかの隠居の後添いにでも収まるんじゃねえか……」

「よし、それならついて来い……」

小野伴内はその日のうちに、かつて佐原邸に臨時雇いで奉公していたことがある新《しん》平《ぺい》という渡り中間の許に連れていった。

新平はなかなか気の好い男で、口入屋から派遣されて人手の足りない武家屋敷へ奉公にあがると、必ず先方から常雇いにしたいと言われる、渡り中間にしては珍しい男であった。

一所に落ち着こうとしないのは、養わねばならない老母がいて、金を稼ぐには日雇いを重ねる方が割が好いからであった。

小野は加市を新平に会わせて、まずは渡り中間にしようと思ったのだ。

折好く新平は昨日から奉公を終えて、彼が住む神谷町《かみやちょう》の長屋へ戻っていた。

道中、小野から話を聞いた加市は、

「何だい、おれを奴《やっこ》にしようってのかい」

などとまた生意気な口を利いたものの、手に職があるわけでもなく、村と違って江戸は恐ろしい所で、好い気になって町をよたっているようなことがあれば、いつ殺されるかもしれない――。

散々に小野から脅された後に新平と会い、一人で生きていくのに中間奉公をすることも悪くないと加市も思い直したようだった。

格好をつけてみたところで、一人で村を出て江戸へ出て来たのである。まだ二十歳を過ぎたばかりの加市は心細かったのだ。

渡り中間の新平は、早くに父親と死に別れ、母一人子一人で生きてきた苦労人である。

小野から加市の境遇を聞かされ、渡り中間としてやっていけるように面倒を見ようと胸を叩いてくれた。

小野もまた非番ともなれば加市と会い、武家奉公の要領をあれこれ教え、やがて加市はいっぱしの渡り中間として暮らしていけるようになった。

村で百姓仕事をしていた時より余程楽しいと、意外や加市は武家奉公に親しみ、日雇いの気楽さも手伝い、新平の弟分として仕事をこなした。

それでも、故郷《くに》で受けた小野家からの仕打ちは加市の心の奥底に深く影を落としていて、江戸での唯一人の肉親で、あれこれ世話を焼いてくれる兄であるというのに、小野伴内にはどこかよそよそしい態度をとり続けた。

しかし、いつかは加市の気持ちも落ち着き、折を見て佐原家の用人に話をして理解を得られれば、自分と同じ清水谷の屋敷で奉公することも叶《かな》う日が来るのではないか――。

誠実な小野は、故郷の兄・宗兵衛に、加市を江戸で預るゆえに心配は無用であると連絡をとり、村の鼻つまみ者となっていた加市が収まる所に収まったことで、村の者達をほっとさせたのである。

ところがそれから二年の後――。

新平は苦労を重ねて貯めた金で、晴れて板橋の宿《しゅく》の街道沿いに茶店を出し、渡り中間を辞め女房を迎え、老母と三人で暮らし始めた。

「これからは加市が口入屋に重宝されるようになりますよ……」

などと言っていた新平であったが、真面目《まじめ》で〝折助《おりすけ》〟などと揶揄《やゆ》される破落戸《ごろつき》の中間とは一線を画していた新平がいなくなった後、加市はそのひねくれた性根が仇《あだ》となり、すっかりと慣れた江戸で、次第に好からぬ連中と付き合うようになっていった。

「好い気になって町をよたっているようなことがあれば、いつ殺されるかもしれないだと？　兄貴も好い加減なことを吐かしやがってよう……」

元々、腕っ節には自信があった。ろくに仕事もせずに、賭場となった中間部屋にたむろする輩《やから》から、

「兄ィ、どうでえ景気はよう……」

などと声をかけられるようになってのぼせてきたのであろう。口入屋からの仕事を受けずとも、御開帳がされている中間部屋から声がかかればそこへ潜り込み、テラ銭から分け前を頂く――そんな賭場の仕切りに時を過す、ただの博奕打ちの暮らしに溺《おぼ》れてしまったのだ。

そのようなやくざな中間がいることを知らぬ小野伴内ではなかったが、二十歳を過ぎ、老母を大事にする新平の姿を傍《そば》で見ていれば、やくざな暮らしに陥ることもあるまいと高を括《くく》っていたことが悔まれた。

「この三年の間、加市とはまるで連絡が絶えてしまったのでございまする……」

小野は決りが悪そうに竜蔵の前で畏《かしこ》まった。

「伴さんにとっちゃあ気になるところだな」

竜蔵もしかつめらしい表情で応えた。

「それで、この前行った旗本屋敷の中間部屋に弟はいたのかい」

「加市はおりませなんだ。しかし、とうとう弟の噂を耳にしたのです」

「よからぬ噂だな」

「はい……」

その日も中間部屋の賭場で少しだけ遊んで、珍しく一分《ぶ》ばかり勝った小野は、すぐに厠《かわや》へ立った。

一通り見回して加市の姿が見えないので、厠へ立つことで時を潰《つぶ》し、適当に引き上げようと思ったのだ。

厠は中間部屋を出て、長屋の裏手にあった。

外へ出ると、厠へ続く通路の手前の植込みの木陰で、二人の折助が小声で話しながら外の風に当っていた。

小野はふと立ち止って、長屋の陰に隠れ耳を澄ました。

「近頃、加市の姿を見ねえな……」

その一言が耳に入って来たからだ。

「奴《やっこ》さん、ちょいと面倒なところから金を借りているみてえだぜ」

「面倒って？」

「さあ、そいつはよくわからねえが、借りたままで好い気になっていると、ばらばらに切り刻まれるような……」

「そいつは大変だ、まさかもうばらばらに……」

「いや、まだ生きてるよ。二、三日前、深川辺りで見かけたって奴がいる。まあ、今日までの間に殺されてなければの話だがよう」

明日は我が身だ気をつけろと、折助二人は卑しげな笑い声をあげたのであった。

「そいつはますます気になるな」

竜蔵は腕組みをして低く唸《うな》った。

「こうなれば一刻も早く捜し出さねば、悪い胸騒ぎが致しまして……」

小野は悲痛な声をあげて、懐から紙入れを出し、懐紙にくるんだ小粒を竜蔵の前に差し出した。

「無礼のほどはお許し下さりませ……。この上はわたし一人の力では捜しようがござりませぬ。と言って御家を頼るわけにも参らず……。どうか先生、ここに二両ございまする。はなはだ些少《さしょう》ではございますが、何卒《なにとぞ》、お力をお貸し願いたく……」

「おいおい、こんなことをしなくてもいいよう」

竜蔵は受け取ろうとしなかったが、

「いえ、何をするにも入用がかかります。わたしのような小身者から金を受け取るなど、先生の俠気《おとこぎ》が許さぬかもしれませんが、これは故郷《くに》の兄が、さすがに加市のことを哀れんで、何かの折には加市のために使ってやってくれとわたしに送ってきたものにございますれば何卒、お納めのほどを……」

小野は無理にでもと差し出した。

「そうかい……。薄情な兄貴がこれを、怖《こえ》ぇお袋の目を盗んで送ってきやがったか……。わかった。お前さんの弟のために遣わせてもらうよ」

竜蔵は小粒を懐紙にくるんで、袂《たもと》に入れると、慈愛に満ちた目を小野伴内に向けた。

「伴さん、お前は本当に好い奴だな……」

竜蔵に見つめられて、小野は顔を真《ま》っ赤《か》に染めて、食べかけのそばを掻き込んだ。

そうして額を床にすりつけ、

「何卒よろしくお願い申し上げます……」

竜蔵を伏し拝んだのである。

三

大目付・佐原信濃守に仕える側用人《そばようにん》・眞壁清十郎《まかべせいじゅうろう》の常磐津の稽古は今も続いている。

清十郎が手ほどきを受ける師匠のお才は、主君・信濃守が〝十次郎《じゅうじろう》〟という名の部屋住みの頃、市井《しせい》に遊び恋に落ちた三味線芸者・お園《その》との間に出来た娘であった。

思わぬ運命の変遷で佐原家を継ぐことになった十次郎の前からお園は姿を消した。

そして、密《ひそ》かに自分の娘を生んで病歿《びょうぼつ》していたことを信濃守は知ることになる。

娘のお才は、自分の父親が誰か明かされないままお園と死別し、三田同朋町《みたどうぼうちょう》で常磐津の師匠をしているという。

そこで信濃守は、一番信頼のおける家臣・眞壁清十郎を弟子として潜入させ、娘の様子をそっと見守っていたのである。

主命とはいえ、生真面目で役儀一筋に生きる清十郎にとって、常磐津の稽古に通うことは恥ずかしさも手伝い、随分と辛いことであったのだが、お才を見守ることでお才の昔馴染の剣客・峡竜蔵と出会い、二人の間に友情が生まれ、竜蔵を気に入った信濃守は彼を自邸の武芸場へ剣術指南として招くまでに縁が繫《つな》がった。

信濃守もまた近頃ではじっとしていられなくなって、〝浪人・佐山十郎《さやまじゆうろう》〟に身をやつし、眞壁清十郎の知り合いであると紹介を受け、お才の稽古場に通うようになっていた。

しかし、

「お殿様も物好きな御方だ……」

竜蔵と清十郎の話を聞くうちにお才という師匠に会ってみたくなり、自らもまた町に微行で出ていく信濃守のことをほのぼのとした想いで見ている竜蔵ではあるが、依然としてお才が信濃守の娘であることは知らされていない。

不憫《ふびん》に思う娘を見守るつもりで信濃守は清十郎をお才に弟子入りさせたが、お才には峡竜蔵という、頼りになる兄貴分がついていることがわかった。

それゆえに、もはや清十郎がお才の稽古場に弟子として通う必要もなくなったのであるが、清十郎は竜蔵に、亡き両親がお才の亡母に世話になったことがあるので、いざという時はお才の力になれるようにと思い通っているのだと、主命を覆い隠さんとして説明していた。

今さら弟子をやめるわけにもいかず、主君・信濃守にも、

「お前は申し分の無い側用人だが、生真面目過ぎるのがたまにきずだ。これから先も

浄瑠璃《じょうるり》の稽古に励むがよい」

などと言われていたので、そこは眞壁清十郎のこと、それも主命と思い、勤めの合間にきっちりと予定を立て、相変わらず月に一度くらいの割合で稽古に通っているのである。

しかし、語る声音の調子外れは相変わらずである。

それでも色々な弟子の応対に慣れているお才は、

「眞壁さんは近頃声に情が出るようになりましたねえ……」

などと、とにかく誉めてやる。

「師匠は見事なものだ」

「何がですか？」

「そうして誉められると、その気になって、上手《うま》くなったような気になる……」

「道楽でしていることです。どんどんその気になっておくんなさいまし……」

その日もお才の稽古場には、清十郎とのほのぼのとしたやり取りが響いていた。

「おうおう、何だか好い様子だねえ、妬《や》けますねえ……」

稽古も終わりに近づいた頃——そこへ冷やかしながら峡竜蔵が入って来た。

「何だ、竜殿か……」

たちまち清十郎は口を噤《つぐ》んだ。

主君・信濃守はお気に入りの剣客・峡竜蔵が、娘のお才とうまい具合に引っついてくれたらと考えている。

それを知るだけに忠臣・眞壁清十郎にとっては、お才とのことを冗談にしろ竜蔵に冷やかされるのは、まったくもって不本意なことであるのだ。

「何だはねえだろ色男……」

そんな清十郎の心の内など知る由もなく、親友ならばこそと竜蔵はからかう。

「師匠の前でそういう不謹慎なことは言わぬものだ」

「堅いよ堅いよ、清さんは……」

竜蔵はそう言ってお才を笑わせると、

「お才、声に情が出たことだし、稽古はもういいだろ。ちょいと清さん、借りて行くぜ」

慌しくそう言い置いて、さっさと清十郎を外へと連れ出した。

「ちょいと竜さん……！　何の相談だい、気になるじゃないか……。まったく、あたしをないがしろにして……、男同士てのはどうも気に入らないよ……」

そもそも清十郎と友達になったのは自分あってのことである。

この二人が自分の知らないところで話をするのを、お才は日を追うごとに気に入らなくなっている。

「まったく男同士ってやつは……」

お才はもう一度ぼやくと、小さく笑って三味線を弾き始めた。

その三味線の音を背中に聞いて、竜蔵は清十郎を三田二丁目の道場の方へと引っ張っていった。

方々から菊の香りが匂《にお》い立ち、鼻腔《びこう》を刺激する。

「清さん、好い時分になったな」

いきなり外へ連れ出しておいて菊の香りを楽しんでいる場合でもないと思うが、この男に頬笑《ほほえ》まれると何やら楽しくなってしまうから不思議だ。

「格別の仲である師匠にも、言えぬ用でもあるのか」

清十郎は冷やかしを返したつもりであったが、あまりに口調が生真面目で、

「まあ、そういうことだ」

と、あっさりかわされ、峡道場の母屋に請じ入れられた。

今日の道場での稽古は既に終っていた。竜蔵の自室には竹中庄太夫がいて、酒肴《しゅこう》を調えていた。

部屋の隅には大鍋《おおなべ》が置かれてあり、けんちん汁がうまそうな湯気をたてている。

「まずはこれへ……」

庄太夫に勧められた席には膳《ぜん》が置いてあり、清十郎の好物の蒲鉾《かまぼこ》が皿一杯に盛られてあった。

「これはありがたい……」

たちまち清十郎の腹の虫が鳴りだすと、日が急ぎ足で暮れてきた――。

この日、峡竜蔵が眞壁清十郎にそっと伝えたかったのは、小野伴内のことである。

小野は身内の恥をさらすのが忍びなく、また主家に迷惑をかけまいと竜蔵に助けを求めたのであるが、密《ひそ》かに動くにしろ、同じ家中の清十郎の耳にだけは入れておこうと思ったのである。

「左様か……。そのようなことを小野伴内が竜殿に……。真《まこと》に迷惑をかけて申し訳ござらぬ……」

話が佐原家に関《かかわ》ることとは思わず、蒲鉾に舌鼓《したつづみ》を打った清十郎であったが、竜蔵から小野伴内の苦悩を聞いて箸を置き威儀を正した。

「清さん、堅いことは抜きだよ」

竜蔵は清十郎に酒を勧めながら、後で打ち明けるのも水臭くなるし、清十郎の耳にだけは入れておこうと思ったのだと言って、小野伴内の仕儀を、やむをえないことだ大目に見てやってくれと庇《かば》ってやった。

「小野伴内が竜殿に助けを求めた気持ちはよくわかるが、話を聞いた上からは、竜殿に任せきりというわけにもいくまい。某《それがし》にも何か手伝わせてくれぬか」

清十郎はそう言って竜蔵を見たが、

「何かの折には必ず誘うことにしよう。その時は頼りにしているよ」

竜蔵はここでも清十郎の言葉をあっさりとかわしてニヤリと笑った。

「もちろんだ。で、その加市というけしからぬ弟の調べは進んでいるのか」

「ああ、居所はもうつきとめて、庄さんと二人で会って来たよ」

「なんと……。下手な町役人よりも素早い……。いや、大したもんだ」

清十郎は目を丸くして、知らず知らずのうちに、また一切れ蒲鉾を口に入れていた。

「なに、蛇《じゃ》の道は蛇《へび》ってやつでな。今まで町場で暴れ回った甲斐《かい》があったというものだ」

小野伴内と別れた後、竜蔵は高輪牛町《たかなわうしまち》の口入屋・真砂屋由五郎《まさごやよしごろう》を訪ねた。

由五郎はその昔、子供時代に竹中庄太夫を苛め抜いた男であったが、大人になって再会した庄太夫に性懲りもなく絡み、恥をかかせたことから竜蔵の怒りを買い、身が縮むような目に遭わされた。

その後、白金台の金貸し・野州屋鮫八《やしゅうやさめはち》との一家をあげての喧嘩《けんか》を峡竜蔵に仲裁されるという奇縁を得て、今やすっかりと竜蔵に心酔しているのだ。

それゆえに、由五郎は竜蔵の来訪を知るや、上を下への大騒ぎで迎えて、

「旦那《だんな》、いよいよあっしにも命を張る時が来たようですね。何なりとお申しつけ下さいやし」

などと馬鹿な言葉を発して悦に入ったものだ。

「大袈裟《おおげさ》なんだよう……。ちょいと親方に教えてもらいてえことがあってな……」

竜蔵は、真砂屋で口を利いた渡り中間の中で、博奕場への出入りがはなはだしい出来の悪い連中ばかりを選んで、加市という折助が今どこにいるか訊ねてもらいたいともちかけた。

「へい……。長《なげ》えこと口入屋をやっておりますが、出来の悪い奴を選べと言われたのは初めてでございますよ……」

由五郎は首を傾げたが、わけ有りの荒くれに仕事の口を探してやるのが真砂屋の売りである。出来の悪い渡り中間を選ぶのに苦労はいらなかった。というより、真砂屋に仕事を求める渡り中間はほとんどが博奕場にたむろするやさぐれた奴《やっこ》であった。

この連中に真砂屋の若い衆が手分けして、加市という折助の行方を知らぬか訊ね回ってくれた。

「すると、深川に沼田《ぬまた》式部《しきぶ》という三千石の旗本の屋敷があって、そこの中間部屋にいるようだと報《しら》せが入ったんだ」

「それで早速その賭場へ出かけたのか」

なんという神出鬼没ぶりだと呆《あき》れる清十郎であったが、

「そういう所に伝《つて》を探して出入りするのはお手のものさ」

竜蔵は事も無げに応えた。

「加市はどんな男であった？」

清十郎は膝《ひざ》を進めた。

「ひねくれぶりが顔に出ていたよ……」

真砂屋由五郎の手蔓《てづる》を得て、竜蔵は庄太夫と共に富裕な浪人を演じて沼田式部の屋敷へ入った。

御勝手門の潜り戸から中間部屋がある長屋へ入ってみて驚いた。その辺りにある中間部屋の小博奕とは様子が違う。広々とした座敷には白布が張られた盆茣蓙《ぼんござ》が整然として並び、三か所で壺振《つぼふ》りがそれぞれ賽《さい》を操っていた。

沼田邸は深川十万坪の北方、小名木川《おなぎ》を渡った所にある。船を仕立てて来れば、降りた途端に御勝手門の潜り戸に辿《たど》り着く。

その辺りも木々が繁《しげ》り、そっと手慰みに来る者にとっては真に気が利いている。

沼田家は徳川家譜代の旗本で、ここの屋敷で遊ぶのはとにかく安全だという噂が博奕好きの間で浸透しているようだと、目明かし・網結《あみすき》の半次が言っていたが、それも頷ける。

「しかし、これほどまでの賭場が開かれているとはな……」

さすがの竜蔵も圧倒された。

「これなら随分とテラ銭があがりましょうな」

庄太夫はニヤリと笑った。

これはただ、破落戸の中間が小遣い稼ぎに開いている賭場ではない、沼田家が関っているに違いないと、庄太夫は竜蔵に耳打ちをした。

「で、あろうな……」

竜蔵は苦笑した。

どう考えてもここは中間部屋ではない。長屋を賭場に改修したもので、そんなことを中間の一存で出来るはずはなかった。

徳川譜代・三千石の旗本も、時が移れば博奕打ちの上前をはねるしか方便《たつき》を立てていく道はないものかと思わされたのである。

――無理もないか。

武士の心得として、一朝事ある時に武人として戦場で働けるようにと修めるべき剣術とて、使い途《みち》がなければ無頼の徒となり、悪事に揮う浪人は跡を絶たない。

この深川にも、徒党を組んで凶悪な事件を方々で犯している浪人が、近頃増えたと聞く。

竜蔵はやりきれぬ想いにしばし賭場の出入り口で佇《たたず》んだが、

「加市は来ておらぬのかな……」

その間に庄太夫は客の応対に当たっていた中間ににこやかに訊ねていた。

「加市を御存知で……」

中間は初めて見る庄太夫に訊ねられて意外な表情を浮かべたが、

「以前他所《よそ》の賭場で世話になったことがあってな。今はここにいると聞いて、会いとうなったというわけだ」

まるで屈託もなく語りかけてくる浪人風体の小男を、金貸しでもしながら自儘《じまま》に暮らす通人と見て、中間はすぐに加市を呼んで来た。

やがて現れた加市は怪訝《けげん》な面持ちで庄太夫を見た。なかなかの偉丈夫で、太い眉《まゆ》と分厚い唇の様子は小野伴内によく似ている。

「へい、あっしに御用で……」

会ったこともない男であるが、どこかで会ったと言われるとそうであったかもしれない。

日頃からその程度の人付き合いしかしていないのであるから無理もないが、加市なりに知らぬとも言えず無理に愛想を浮かべた。

「おお、一別以来じゃな。おぬしのお蔭《かげ》で博奕好きになってしもうて大変な想いをしているわ。はッ、はッ、はッ……」

庄太夫は堂々たる様子で、加市の肩を叩いた。

「たしか旦那は飯倉で……」

そういえば飯倉の武家屋敷で、似たような侍の世話をして酒肴を調えたことがあった——。

「あの折は世話になった！」

庄太夫は首を傾《かし》げる加市にすかさず二朱銀を握らせると、

「今日はわたしの友人を連れて来たゆえに、またよろしく頼みますぞ……」

そう言って竜蔵を引き合わせた。

「こいつはどうも……。まあなんなりと申し付けてやっておくんなさいまし」

加市は体格のいい竜蔵を見て、少し気圧《けお》されたか、ほとんど目を合わせることなく、二人を賭場の内へ案内すると、また姿を消した。

その日加市とは二言三言言葉を交わしたままで、竜蔵と庄太夫は沼田邸を出た。

「まず賭場の様子と奴の仲間とのやり取りをそっと窺《うかが》って帰って来たわけなんだが……、庄さんは奴を見てどう思った」

竜蔵は黙々と給仕に励む庄太夫に意見を求めた。

「根っからの悪人には見えませんでしたが、どうも目が泳いでおりました。本人はいっぱしの渡世人を気取っているつもりかもしれませんが、何かを恐れているような、落ち着かぬ目でございました」

庄太夫は椀《わん》にけんちん汁をよそって、竜蔵と清十郎の前に置くと、峡道場の弟子である目明かし・網結の半次直伝の人間観察による意見を述べた。

竜蔵は相槌《あいづち》を打って、

「奴の仲間で、どうも気に入らねえ野郎が一人いたような……」

「はい、おりました。古株の中間で、市助《いちすけ》という男でございました」

「さすが庄さんだ。市助って言うのかい」

「どうも気に入らないとは？」

清十郎が訊ねた。

「加市のすることに、いちいち目を光らせて、口うるさく指図しているのが何やら目についてな……」

兄貴風を吹かす者はどこの世界にもいるが、見ていて気分のいいものではなかったと、竜蔵、庄太夫共に思ったのだ。

「小野伴内が飯倉片町の通りから少し入った武家屋敷で耳にした中間の噂話によると、加市は面倒な所から金を借りているとのことだが、そのことに市助という男は何か関っているのかもしれぬな……」

清十郎は想いを巡らせた。

「ああ、充分に考えられる」

竜蔵はうまそうに椀の汁を啜《すす》った。

「清さん、熱いうちに食ってくれよ。今日のお前さんへの話はこれまでだ。加市の借金のことは、今うちの親分が調べてくれているよ。恐らくはそのうちに清さんの力を借りる時が来るはずだ。それまでは胸ひとつに収めておいてくれ……」

「心得た……」

清十郎は椀を口に運びながらつくづくと、小野伴内は好い相手を選んで相談したものだと思った。

同じ家中の、しかも大目付の特殊任務についている自分を相談相手に選ばなかったことが今ひとつおもしろくなかったが、峡道場恐るべしで、下手な町役人が動くよりもよほど機動に優れていると改めて思い知らされたのであった。

「うまい……！」

けんちん汁の、野菜が織りなす優しい味が口の中いっぱいに広がった。清十郎は小野伴内の胸中を思い、何とも言えず体中がほのぼのと温かくなってくるのを覚えた。

四

「加市が金を借りている相手は、なかま屋金六《きんろく》という野郎です」

「なかま屋金六……」

「二年くれえ前までは渡り中間をしていたそうで」

「なるほど、〝なかま〟てのは中間のもじりか、折助暮らしの中で知り合ったってところだな」

「へい、金六と加市はよくつるんでいたようで……」

「だが、折助が金貸しになるとは大したもんだな。金の出処《でどころ》はどこだい」

「それがこの野郎、黒柄組《くろつか》の使いっ走りをしてやがるようで」

「黒柄組……。聞いたことがあるぜ。深川の外れで一味を成す浪人の集まりとか」

「へい、さすがは先生、よく御存知で」

「その昔はちょっと知られた剣客で、浅沼三郎兵衛《あさぬまさぶろうべえ》というのがいたが、これが破落戸の親玉になっちまったんだろ」

「そのようで……。今では命知らずの浪人を五人、手下にして色んな悪事に手を染めているとか」

「腕の立つのが六人も揃《そろ》っていれば、なかなか大変だ。親分の縄張りでなくてよかったな」

「まったくで、本所の柳島《やなぎしま》の伝八《でんぱち》親分は、御役人の腰が引けていると、嘆いておりました」

「なかま屋金六は、黒柄組が強請《ゆすり》や集《たか》りで手にした金を元手に金貸しをしているのだな」

「加市はその金を借りちまったようですね」

「借りたままで好い気になっていると、ばらばらに切り刻まれるような相手か……」

麻布宮下町に住んでいたという加市の消息を辿るのに、目明かし・網結の半次の調べはさほどかからなかった。

加市は調子に乗って渡世人を気取っていたから、それだけよく目立っていたのだ。

竜蔵は半次の報せを受けて、加市が沼田邸の中間部屋に流れたこととこの一件には何か関りがあるのだと思い定めた。

「親分、命あっての物種だ。黒柄組を調べるのに無理はねえようにな」

近づく時は必ず神森新吾を伴うようにと竜蔵は半次に念を押して、今度は単身、沼田邸へと出かけた。

その日、竜蔵は賭場で賽の目に恵まれ、五両ばかり勝った。

――いけねえいけねえ。

「博奕で勝った時は気をつけろ、剣客の勝負の運がそれだけ余所《よそ》に流れたってことだからな……」

亡父・虎蔵《とらぞう》はなかなかに博奕好きだったが、いつもそう言って自分への戒めにしていたものだ。

竜蔵はそれでも何にしろ勝負に勝ったことが気分よく、賭場の隅で加市に酒の用意を頼んで一杯付き合わせた。

「大松《おおまつ》殿が博奕好きになった気持ちがよくわかる……」

〝大松〟とは、竹中庄太夫の変名である。

竜蔵は〝笠間《かさま》半蔵《はんぞう》〟と名乗っていた。幸いにしてこの賭場に、竜蔵の顔を知る者はいない。

「そいつはおめでとうございます……」

加市は口数少なく、黙々と竜蔵に酒を注《つ》いだ。

あの、市助の目を気にしているように思える。

竜蔵はわざと市助の目につくようにして、加市にあれこれ語りかけた。

「兄貴がお前のことを案じていたぜ」

「兄貴……」

加市のこめかみがぴくりと動いた。

「小野伴内だよ」

その刹那《せつな》、加市の表情に怒気が浮かんだ。

「旦那は兄貴に頼まれて来たってわけですかい……」

「そんなんじゃねえ。大松殿が加市って名を呼んだ時、もしかしてそうじゃあねえかと思ったのさ」

「言いつけるつもりですかい」

「ここにいることが知られたくねえかい」

「知られたくはありませんねえ」

「なら言わねえよ。どうせ滅多と会うこともねえからな」

「兄貴はおれのことを何と言っておりやした」

「便りが途絶えて、悪い噂しか入ってこねえから、随分と心配をしていたぜ」

「どうせおれが何かしでかしゃあ、手前に返って来ると思っているんでしょうよ」

「お前はひねくれもんだな。体裁が悪いからお前に世話を焼いたと思っているのかい」

「きれいごと並べたって、どうせそんなところでしょうよ」

「そうかねえ。肉親の情ってものは、そんなせちがれえものじゃあねえぜ」

「肉親……？」

引きつった加市の顔に皮肉な笑みが浮かんだ。

「お言葉じゃあございますがねえ。母親が違えば、兄弟でも肉親でもねえ……。小野の家の連中は皆そう思っている薄情者ばかりでございますよ」

「そうかい、おれは小野伴内って男は好きだがなあ」

しみじみと語る竜蔵の様子を見ていると、加市は何も言えなくなり黙ってしまった。

「他の連中のことをおれは知らねえ。だが、あの男は手前の体裁を繕《つくろ》うために、お前のことに世話を焼いたりするような男じゃねえよ。信じてやりな」

加市は、説教なら御免だという表情を薄ら笑いでごまかして、

「あっしのことはようござんすよ。旦那、ゆっくりと遊んでいってやっておくんなさいまし……」

ちょっと畏まって座を離れようとした。

「おれとあんまり喋《しゃべ》っていると、市助って奴《やっこ》に叱《しか》られるのかい」

竜蔵はすかさず声をかけた。

加市の表情にはっきりと険が立った。

「お前、おかしな所から金を借りて、そいつを返すために、危ねえことに手を出そうとしているんじゃねえのかい……」

竜蔵は目に力を込めた。

「旦那……。お前さんはいってえ何者なので」

加市の目付きも鋭くなった。

「恐え顔をするんじゃねえや。おれはただの博奕好きの浪人だあな。兄貴の優しい想いを無にしてもらいたくはねえ……。そう思っているだけだ。何か困ったことがあるなら相談してやるがいい。そいつをお前に言いたかっただけのことだ」

竜蔵は加市の肩を叩くと再び盆茣蓙の方へと戻った。

加市はその姿に厳しい視線を送り続けた。

峡竜蔵の明るさ、優しさが、加市の身には染み渡らなかったようだ。それほどまでに加市という男の心は乾き、荒《すさ》んでいるのであろうか――。

「あの野郎に何を言われたんだ……」

いつしか加市の傍《そば》には市助が寄っていた。

「いや……」

加市は口ごもったが、

「お前、下手な隠し事は命とりだぜ」

市助はどすの利いた声を加市の耳許で放った。

長年中間部屋を渡り歩き、三十の半ばに達したこの男には、えも言われぬ凄《すご》みが体中から漂っている。

「わかっているよ兄ィ……。あの浪人が、どうもおれのことを嗅《か》ぎ回っていやがるようで……」

「そうかい、ちょいと顔を貸しな……」

市助は加市を賭場の外へ連れ出した。

加市は江戸にいる兄が自分を案じて、行方を探しているようだと市助に残らず打ち明けた。

「お前に兄貴がいることは知っていたが、ふん、随分と弟思いなんだなあ……」

「きっとあの浪人が出しゃばったことをしやがったに違いありませんや」

「だろうな……。どうせ大したことも出来ねえだろうが、ちょいと目障りだな……加市、ここはおれに任しておけ。お前もう少しあの浪人を賭場で遊ばせておきな……」

市助はそう言い置くと、御勝手門を出て何処《どこ》かへと姿を消した。


一刻（約二時間）ばかり後――。

峡竜蔵は意気揚々と沼田邸を出た。

加市に伝えるべきことは伝えた。

その後の博奕はつきについた。その上に、頑《かたくな》な表情を崩さなかった加市が竜蔵の許へと寄って来て、

「兄貴に会うことがあったら、達者にしているとだけ、伝えてやっておくんなさいまし……」

小声で言葉をかけてきた。

素っ気無い口調であったが、加市の言葉は竜蔵が期待していた、小野伴内への想いが籠《こも》ったものであった。

「ああ、今宵はついているぜ……」

すっかりと日が暮れた小名木川の川辺を、竜蔵は上機嫌で歩いた。

しかし、気が抜けたように見せてはいるが、彼の四肢には力が漲《みなぎ》り、五感は常のごとく研ぎ澄まされていた。

今まではなかなかについてはいたが、この先に何かが待ち構えているやもしれぬことを竜蔵は自覚していたのである。

小名木川の対岸は武家屋敷の築地塀《ついじべい》が連なり、それが途切れた所からは、十万坪と言われる葦《あし》と松林ばかりが広がる荒寥《こうりょう》たる原野が覗くばかりである。

今竜蔵が歩く川辺も、武家屋敷の他は空き地ばかりの物淋《ものさび》しい通りが続く。

——さて、無事にこのまま猿江《さるえ》橋まで行きつけるか、それとも鬼が出るか。それが今日最後の博奕だ。

何事もなければ、加市が後で言いに来た殊勝で健気《けなげ》な言葉がすんなりと胸の内に入るものだが、鬼が出れば今のこの上機嫌は、ただ敵の目を欺くだけの方便となる。

――畜生、鬼が出やがった。

右手の木立の中から強烈な殺気が漂ってきた。

――二人、てところか。

鯉口《こいぐち》を切る音がかすかに響いた。

それと同時に竜蔵は駆け出した。

木立から浪人二人が現れて走る竜蔵を追った。竜蔵の背後に浪人二人の舌打ちが聞こえる。

ほろ酔いに博奕に勝った喜びを噛《か》みしめて、ゆったりと秋の夜道を行くこの浪人者が、これほどまでにすばしこい男であったとは――。

刺客である浪人二人は意表を衝《つ》かれた。

それでも一帯は人気《ひとけ》の無い道が続いている。

刺客の浪人は凄《すさ》まじい勢いで竜蔵を追った。

竜蔵は武家屋敷の角を右に折れた。逃がすものかと刺客二人はこれを追う。

しかし、曲った道には二人連れの武士がいて、竜蔵が逃げる方から歩いて来る。

「た、助けて下され……！」

竜蔵はあくまで戦おうとはせず、この二人に助けを求めた。

「おのれ……！」

刺客二人は再び舌打ちをした。

「どうなされた……」

二人の武士は竜蔵を庇い、

「狼藉者《ろうぜきもの》か……」

と足下にぶら提灯《ちょうちん》を置いて、刺客を睨み静かに抜刀した。

三十絡みの侍と、二十歳くらいの若き剣士のその大刀の構えと腰の据り方は、提灯の灯《あかし》に映えて見事なものであった。

刺客二人は腕に覚えがあるゆえに手強さがわかるのであろう。

斬り結んで手間取れば、武家屋敷から新手の敵が駆けつけるやもしれぬ。

「退《ひ》け……」

と、無念の形相で踵《きびす》を返して駆け出した。

だが二人はその無念さゆえに、もう一人、町の男がこれを見ていて自分達の後をつけていたことに気付かなかった。

この町の男こそ、目明かし・網結の半次で、竜蔵を助けに入った侍は、眞壁清十郎と神森新吾であった。

今日の竜蔵の加市への接触によって起こりうるあらゆる事態を考え、あらかじめ竜蔵が沼田邸から出て来る頃合を見計らって待機していたのであった。

これを予見したのは竹中庄太夫の洞察と、網結の半次の犯罪に対する勘であった。

「竜殿、残念ながら、加市は何かの企みに加担しているようでござるな」

清十郎が言った。神森新吾の前ではその言葉使いもさらに堅苦しくなる。

「馬鹿な奴らだ。手前から尻尾《しっぽ》を出しやがった……」

竜蔵はやり切れぬ表情で、

「新吾、網結の親分が奴らを追って辿り着く所は、恐らく黒柄組の住処《すみか》だ。親分にしくじりはねえだろうが、ひとっ走りして様子を見てきてやってくれねえか」

「畏まりました……」

「敵は凄腕《すごうで》だ。くれぐれも気をつけるんだぜ……」

竜蔵が新吾に念を押す前に、新吾は駆け出していた。

「日に日にたくましゅうなるな……」

親友の愛弟子《まなでし》の様子を見て清十郎は目を細めた。

「ああ、師匠の顔が見てみてえもんだ……」

竜蔵は楽しそうに笑ってみせたが、どこか歯切れは悪かった。

「清さん……、加市は借金の形《かた》に、何かをさせられようとしているんじゃねえだろうか」

「某《それがし》もそのように思う。邪魔をされたくはない、何か大きな企みのような気がする」

「おれは加市を何とかしてやると伴さんに約束した」

竜蔵の表情に強い意志と怒りが湧《わ》きあがってきた。

「だが命を狙われて腹が立ってきたよ。敵を油断させようと思って逃げ回っただけにどうもすっきりしねえ」

「そうだろうな……」

清十郎はふっと笑った。

怒っている竜蔵を眺めるのも、これはこれでおもしろい。

「ちょっとばかり加市を懲らしめてやりてえが、旗本屋敷に籠っちまえば手が出せねえ」

「ああ、困ったものだ」

「できるだけそっと動こうと思ったが、ここまでくればおれも怒った。ちょいと面倒な相談に乗ってくれぬか」

「わかった……。そもそもこれは佐原家家中の者が絡んだ話だ。何なりと言ってくれ……」

二人の武士はしっかりと頷き合った。

熱い男の激情に、すっかり冷たくなった夜風が心地好かった。

五

それから三日後の昼下がりのこと――。

深川の沼田式部屋敷の御勝手門脇に連なる長屋の表を、中間二人が竹箒《たけぼうき》で掃き清めていた。

中間は市助と加市であった。

名目上は年季奉公の市助であるが、奉公も三年目となり、古くから沼田家に仕える中間・小者も一目置く存在となっている。

沼田家には賭場の仕切りのために雇われているようなもので、賭場の揚りが御家の台所を潤している現状、市助が肩で風切るのも当然のことなのだ。

賭場は中間・小者を統率する物頭《ものがしら》が支配していたが、表向きは渡り中間達が小遣い稼ぎに隠れて開帳していることになっていた。

それゆえに、市助のような男が必要になってくる。

市助は命知らずの破落戸を中間に仕立て、いざという時は力に物を言わせねばならない鉄火場を仕切ってきた。

加市をここに潜り込ませたのは市助であった。かつての悪友で、今は金貸しをしている〝なかま屋金六〟から薦められてのことである。

「兄弟、なかなか目端が利いて腕っ節も好い野郎がいるから雇ってやってくんな。それでその野郎に手伝わせて一稼ぎしてみねえかい……」

などという、よからぬ相談と共に――。

そのよからぬ相談によって生まれたある計画がある。

「なるほど、金六、そいつはおもしれえな。一生に一度、それほどの博奕を打ってみてえものだなあ……」

だが、その大博奕を市助と共にやってのけようというほど豪胆な者は折助共の中には見当たらなかった。金六への借金で首が回らなくなった加市を除いては……。

その計画を少しでも邪魔する者は殺すと、市助は腹を決めていた。それゆえ、加市にあれこれ近付いてきた〝笠間半蔵〟なる浪人の出現を知った三日前の夜、金六の後盾である黒柄組の不良浪人をして始末させようとしたのであったが――。

「加市、あれからあの浪人は賭場に姿を見せねえな」

市助は忌々しそうに言った。

笠間半蔵に刺客を差し向けたのは市助であったが、笠間が加市の兄の仲間であることに配慮して、市助はこのことを加市には言わずにいた。

口には出さぬが、加市が小野伴内とかいう兄を心の底では慕っているような気がしたからである。

「来ねえで幸いだよ」

加市は相槌を打った。

「お前の兄貴も下らねえ頼み事をしたもんだぜ」

「兄ィ、もうおれの兄貴のことは忘れてくれ」

「何でえ、お前も兄貴のことが気になるのか」

「そんなんじゃねえよ……。だが、おれがこうして兄ィといるのも兄貴のお蔭だと思ってよ」

「まあ、そりゃあそうだな」

市助はニヤリと笑って加市を見た。

「心配しねえでも、お前の兄貴は大目付様の屋敷の門番だ。手を出したくても出せねえよ。いいか、お前はただの奴《やっこ》から一端《いっぱし》の男になるんだ。迷うなよ。気の迷いが命取りにつながるぜ……」

市助の目は蛇のように不気味でつい射竦《いすく》められる。なかま屋金六に金を借りたことを悔やんだところで始まらぬ。この狂った男と組むしかないのだ――。

その想いが加市を捨て鉢にしていた。

「ほう、おぬしらは真によく働くな……」

そこへ、沼田家の物頭を務める大森《おおもり》という侍がやって来て二人に声をかけた。

長屋の賭場を任されていて、唯一市助ら渡り中間と接触を持つ沼田家の士である。

「これは大森様……」

畏まる二人に、

「中間部屋の方はうまくいっておるようだな。おぬしらのお蔭よの」

大森は労《ねぎら》いの言葉をかけた。すっかりと市助を信頼しているように見える。

「へッ、へッ、まずお任せ下さいまし……」

市助はどこまでも腰が低い。これが信頼を得る秘訣《ひけつ》なのであろう。

「すまぬが加市を借りてよいか。俄《にわか》に武芸場の控え場を整えるように仰せつかってな。

人手が足りぬで困っている」

大森は市助にはこのように、かける言葉を気遣っているようだ。

「ヘッ、ヘッ、折助ごときに〝よいか〟などと仰《おっ》しゃいますな。加市、お助けしろい」

「へい、承知致しやした」

加市は大森に従って武芸場へと向かった。

あれこれ市助と喋っているよりも、その方が気が紛れた。どうもあの、〝笠間半蔵〟なる浪人と会ってから気持ちが落ち着かないのである。

武芸場は御勝手門からは庭先を通って入れる。武芸場の裏手に廊下で通じる控え場があり、それに連なって八畳ばかりの小部屋がある。

控え場は家士《かし》達の着替え場であり、この小部屋は防具や竹刀などの保管場所に使っていた。

どれも御勝手門脇の長屋で日がな一日を過す加市にとって珍しい風景であった。

そういえば兄の小野伴内が、佐原家の御屋敷には武芸場があり、自分もそこで武芸の手ほどきを受けることもあると言っていたのを思い出した。

お前は元々武士の血が流れているのだから、いつか小野家の三男として士分に取り立てられることも夢ではないのだと、その時兄は言っていた。

——ふん、小野の宗兵衛とあの糞婆《くそばば》ァがおれを三男などと認めるかよ。

加市は舌打ちをする思いで大森に連れられ小部屋へと入った。

「加市、とりあえず、この小部屋の拭《ふ》き掃除を頼んだぞ。おれは後でまた来る……」

大森はそう言うと、そそくさと去った。

「ちえッ、人手が足りねえだと……。何もねえじゃねえか……」

小部屋には隅に置かれた水桶《みずおけ》と試し斬り用の巻き藁《わら》が二つ立てられてある他は何もなく、とりたてて掃除が必要とも思えなかった。

武芸場に人影は無い。

そういえば、ここから勇ましい剣術稽古に励む武士の声など聞こえたことがなかった。

市助はそんな沼田家の侍達を見極めて、今度の企みを引き受けたのかもしれなかった。

それにしても——このかび臭い小部屋は明かり取りの小窓が高処にあるだけで、何とも居心地が悪かった。出入り口も一か所で、板戸ゆえに締め切ると牢屋《ろうや》の中にいるような——。

「しけてやがる……」

加市は仕方なく水桶を手に取ろうとしたが、そこへ一人の武士が入って来て、後ろ手に戸を閉めた。

「おう、久し振りだな……」

男は笠間半蔵と名乗った、あの浪人であった。

「だ、旦那は……」

加市は呆然《ぼうぜん》としてその場に立ち竦んだ。

長屋の賭場に出入りするのならともかく、ここは表の武芸場で、素浪人がた易《やす》く入られる所ではない。

「おれは峡竜蔵と言ってな。お前の兄貴がお仕えする佐原信濃守様の御屋敷で、剣術指南をする者だ」

「な、何だって……」

「剣術指南をするほどの者が、夜道で襲われて逃げまどうはずはない……。そう思ったのか」

「旦那が襲われた？　何のことだか知らねえ……、本当に聞かされていねえんだ」

加市は動揺を浮かべた。

竜蔵はその様子を見てふっと笑うと、

「そうかい、そんなら教えてやろう。先だっての帰り道、おれは浪人者に襲われた。その時は敵の目を欺こうとして逃げたが、おれを甘く見るな」

言うや腰の刀を抜き放ち、小部屋に立ててあった二本の巻き藁を、電光石火、手練《しゅれん》の早業で六つに斬《き》った。

「あぁッ……」

あまりのことに、加市は短かい叫びをあげると固まってしまった。

竜蔵はもう刀を鞘《さや》に納めている。

「まあそれで、通すべき所に筋を通して、この前のけりをつけに来たわけよ……」

竜蔵は眞壁清十郎と諮《はか》って、今度の一件にはあれこれと不埒《ふらち》な者共の影が見え隠れする、これは放《ほう》ってはおけないと佐原信濃守を通して、沼田式部に問い合せた。

もちろん信濃守は、沼田邸で不埒者が中間部屋で賭場を開き、あろうことか黒柄組なる無法浪人共に繋がり、何事か企んでいるという風に、沼田家そのものが長屋での賭場に関っているという事実を伏せた上で問い合せたのである。

沼田式部としては知らぬ存ぜぬを通したいところであったが、黒柄組との繋がりなどは寝耳に水のことで、下手をすれば大変なことになりかねない。

決して事を荒立てるつもりはないという信濃守の意図を汲《く》んで、眞壁清十郎と峡竜蔵の沼田邸内における詮議《せんぎ》を許したのであった。

「旦那、あっしは何も……」

「何も知らねえとは言わせねえぞ。おれを襲いやがった二人が、ここからそう遠くはねえ亀戸村《かめいど》の一軒家に入ったのをおれの仲間が見届けた。その一軒家というのは泣く子も黙る黒柄組の住処だった……」

あの夜、竜蔵を襲った刺客二人が黒柄組の根城に入ったのを網結の半次は見届けた。

神森新吾も駆けつけたが、そこは周囲に身を隠すことが出来る木々があるわけでもなく、中で何が語られているか探りに行くには危険過ぎた。

「加市、おれはお前の口から奴らが何を企んでやがるのか聞きてえんだ。なかま屋金六は黒柄組の手先で、金六から借りた金を返せなくなったお前は、命と引き換えに市助の手下になった。そうだな……」

竜蔵はぐっと加市を睨みつけた。軍神が乗り移ったかのような恐しい眼力は、市助のそれとは比べものにならない。加市はへなへなとその場に座り込んでしまった。

「へッ、へッ、どうせおれは殺されるんだ……」

しかし、その絶望が加市を自暴自棄にした。

「虫けらのように扱われて、強え奴に見咎められて、踏みつけられて、それでしめえだ。あれこれ言わずに殺せよ。殺しゃあいいだろう」

「おれはお前を殺さねえ。小野伴内との、それが男の約束だ」

「男の約束だと……。何言ってやがる……」

「新平という渡り中間は、お袋殿と今、幸せに暮らしているというぜ」

「新平だと？　そんな野郎もいたな。どいつもこいつもおもしろくねえ野郎だったぜ」

「お前の兄貴はおもしろくねえ男かもしれねえが、人を欺いたことのねえ立派な門番だ」

「しがねえ門番が偉そうな口を利くんじゃねえや……」

「過ぎた昔を恨むな」

「お前に何がわかるんだ！　おれがまだほんのがきの頃だった。お袋はよしゃあいいのに、正月になりゃあおれを連れて小野の家へ挨拶《あいさつ》に行った。そしたらおれとお袋に……、小野の糞婆ァは門先で水をかけやがった！　あの時の冷たさは今も忘れねえ……。兄貴二人がおれを蔑《さげす》んだように見てやがった……。その時の薄情な顔も忘れねえ！」

加市は無念の形相で振り絞るように言った。その目には涙が浮かんでいる。

「お前の無念はよくわかる。だが兄貴二人はその婆ァに気兼ねして何も言えなかったんだよ。嫌な女でも母親だ。それにまだ二人も子供の頃だ。許してやりな」

竜蔵は穏やかに諭した。

「許せねえ……。おれは奴らを許さねえまま死んでやるんだ。ざまあ見やがれ……」

加市はそれでも素直になれず悔し涙にくれるばかりだ。竜蔵は、こうなれば荒療治も止《や》むを得ないと腹を決めた。

「そうかい……。そんなに死にてえなら、小野伴内との約束を破って、手前を殺してやるぜ」

竜蔵はその言葉の終らぬうちに、加市を殴りつけた。

加市は二、三間後ろに吹き飛んだ。それは今まで味わったことのない衝撃であった。

「お前を操る黒柄組の連中は、何かというとこうやって人を殺しやがる！」

竜蔵はさらに加市の胸ぐらを掴み、引きずり回して投げつけた。

偉丈夫で腕っ節には自信のあった加市であったが、いとも簡単に投げとばされ、蹂《じゅう》躙《りん》された。

「手前みてえな甘ったれの糞野郎はおれがぶっ殺してやらあ！」

竜蔵は鬼の形相となった。

「いいか、お前の生い立ちは不幸せだったかもしれねえ。だがな、どんな境遇にいたって諦めずに健気に生きている奴もいる。お前みてえな奴を生かしておくと、そんな連中が泣きを見らあ！」

竜蔵の責めはまさしく地獄の閻魔卒《えんまそつ》が降りてきたかのごとく凄まじいものであった。

「た、助けて下せえ……」

地獄の責めが逆に加市を生への執着に引き戻した。

「ふん、お前のような糞でも生きてえか！」

竜蔵は、床に伏せて思わず悲鳴をあげた加市を見下ろし大喝した。彼の目にも涙が浮かんでいた。その煌《きら》めきを見た途端、加市の体から恨み辛みという憑物《つきもの》が落ちた。

その時――。

小部屋に一人の武士が入って来た。

武士は小野伴内であった。

「兄さん……、宗次郎兄さん……」

「加市……」

小野は哀《かな》しそうな目を加市に向けると、

「こちらの先生の仰しゃることが身に沁《し》みたか」

「ああ、殴られて初めて目が覚めた……」

「そうか、それならまず先生のお訊ねにお答えしろ。この先生はな、おれが頼りにしている御方なんだ。お前が黒柄組の悪事を洗いざらい打ち明けりゃあ許して下さる」

「兄さん……」

「悪事から逃げろ。それは何も恥ずかしいことではない。おれはなあ、お前に陽《ひ》のあたる所で、真っ当に生きてもらいたいのだよ……」

小野は異母弟ににこやかに頷いた。

加市の荒んだ表情にたちまち朱がさした。

「旦那……、いえ、先生、お許し下さい……。何もかも話しますでございます……」

加市は手をついて竜蔵に懇願した。

その隣に寄って、小野伴内も手をついた。

「先生、どうか許してやって下さりませ……。不埒者でも、わたしにとっては血を分けた弟なのでございます……」

「兄さん……、兄さん……！」

加市は堰《せき》を切ったようにおいおいと泣き出した。

幼い頃、宗次郎という名の小野伴内が、そっと届けに来てくれた菓子の甘さを今頃思い出したのであろうか――。

悪鬼と化した竜蔵の顔に、たちまち爽やかな笑みが浮かんだ。

六

黒柄組の首領・浅沼三郎兵衛は齢《よわい》三十五にして、方々で一刀流を極めた剣客崩れの浪人である。

抜群の剣才を発揮しながら、その粗暴さゆえに道場を移ること数度――そのうちに自分を認めぬ世の中に憤り、憤りが彼の粗暴さをますます増大させ、どの道場にも出入りが出来なくなった。

腕のある荒くれた浪人が剣をもって身を立てられなくなると、落ち行くところは剣にものを言わせて悪事に走るしかない。

世の中というものは道を外れた者を簡単に閉め出すが、閉め出した後のことまでは考えないものだ。

その結果、行き場を失った者が凶悪な犯罪を起こし、世の中に復讐《ふくしゅう》することになる。

たまたま悪行の被害に遭った者は運が悪かったことで済まされ、はみ出し者を放逐した権力者は無傷でいることが多いゆえに性質《たち》が悪い。

浅沼三郎兵衛もまた行き場を失《な》くした。

これまで金で雇われ、人を何人斬ったことやしれぬ。

蛮名があがると、彼の強さにあやかろうと、似たような浪人達が集まって来る。そして行き着いた先が黒柄組の首領であった。

その数、浅沼を入れて六人――。全員が斬った者の数を合せると三十人は下らないであろう。

役人とて命あっての物種である。黒柄組なる無頼浪人の集まりが、あらゆる犯罪に手を染めていることを知りつつ、悪人同士の命の取り合いにまでかかずらってはおられぬとばかり一様に腰が引けている。

だがその実、黒柄組の横暴は、中間崩れの金貸し・なかま屋金六によって、一般の者にまで広がっていたのである。

借金の形に、女房・娘を攫《さら》われた者、盗品の隠匿や密売の手伝いを強要された者なども数知れない。

「金六、近頃〝なかま屋〟の稼ぎが悪いようだが、お前、おれ達の金をくすねているんじゃあねえだろうな」

それでも浅沼は金六を脅すようにして更なる悪事を促している。

この日金六は、日暮れて亀戸村にある黒柄組の根城に、回収した利息などを届けに来ていた。

「先生、勘弁してやっておくんなさいまし。大仕事を控えて、あっしの小っぽけな稼ぎなど眼中に無しでございましょう」

金六は普通の者なら足が竦むであろう、この浅沼三郎兵衛の言葉にも臆《おく》せず、軽妙に応える術《すべ》を知っている。

〝先生〟と呼ぶのは、黒柄組が暴徒ではなく、世に認められぬ剣客が憂国を語る場であるなどと、日頃追従《ついしょう》を言っているゆえのことであろう。

「こ奴め……」

浅沼は不気味に笑った。

「大事の前の小事と吐かしよるか……」

五人の浪人共も唸るように笑った。

いずれも武芸者然とした装いで、浅沼を囲むようにして広間で酒盛りを始めている。

この一軒家は商家の隠居が寮として使っていた物であったが、金六が隠居を博奕に誘い、市助が仕組んだいかさまに隠居が借金を作るに及んで、浅沼に脅され巻きあげられた。

広間の他に浪人達それぞれの部屋がある、なかなかに大きな寮である。

鬼達の宴がますます盛り上がりを見せようとしていた時であった——。

近頃では知る人ぞ知るこの鬼の棲家《すみか》に、あろうことか、庭先からひょいとばかりに現れた一人の男があった。

広間で笑い合っていた六人の鬼と、一人の小悪党は、あまりの意外さに目を丸くして、この命知らずな男を見た。

「おう、この前おれを襲いやがったのは、どいつとどいつだ……」

たった一人でいきなり鬼達相手に喧嘩腰の一言を放ったのは峡竜蔵であった。

黒柄組の面々は一様に信じられぬといった表情で顔を見合ったが、左側にいる二人が、あの日襲った浪人者かと身を乗り出した。

「そこの不精髭《ぶしょうひげ》と、あばた野郎か……」

竜蔵はその二人を睨みつけた。

不精髭とあばた顔の二人に動揺の色が見えた。

「なんだ汝《うぬ》は……」

ここで浅沼三郎兵衛が首領らしく落ち着き払って竜蔵に向き直った。

「何だ汝はだと……。あの奴《やっこ》の市助に頼まれて、お前らが始末しようとして、しくじった浪人者よ」

「その仕返しに来たと申すか。ふん、笑止な」

浅沼は嘲笑《あざわら》った。

五人の浪人も、あの夜逃げまどった浪人が一人でやって来たことに、世の中にはたわけた奴もいるものよと笑い出した。

竜蔵は少しも怯《ひる》まずに、

「仕返しもそうだが、お前らが沼田屋敷で賭場荒らしをすりゃあ死人が出る。その前にお前らを叩っ斬りに来たのよ」

「何だと……」

浅沼の表情が一変した。

五人の浪人は一斉に傍らの大刀を摑んだ。

加市があの日すべてを語ったことによると――、

金六が加市を市助に付けて画策したのは、市助と加市の手引きによって沼田邸で連日開かれている賭場を荒らし、金を強奪することであった。

町役人でさえ入ることの出来ない旗本屋敷に押し入る者など、まさかいるまい――

誰もが思うからこそ出来るはずだと考えた金六が、浅沼に持ちかけたのである。

金六の盟友・市助の話によると、長屋での賭場の揚りは物頭の大森が、長屋内の納戸にある鍵《かぎ》付きの長持ちにしまうことになっている。そして三月に一度、折助や壺振りなどにその中から分け前を与え、残りを御家の用人に渡すことになっている。

それがこの月の晦《つごもり》に当たる。無造作に入れてある揚りは千両を下らない。

長持ちの鍵はいつも大森が身につけている。

あらかじめ大森を賭場に近づけておいて、賭場に引き込んだ浅沼一党がまず大森を殺害し、鍵を奪い長持ちの金をせしめて屋敷を出る。異変に気付いて中間共が騒ぎ立てたなら、そ奴らを有無を言わさず斬り捨てる。

屋敷を出ると待たせておいた船で逃げ去る。

沼田家は家ぐるみで賭場を開いていたことをあからさまにしたくないはずであるから、後の処置に手間取るであろう。

その間に江戸を離れようというのだ。

加市にも五十両の分け前が与えられることになっていた。

「おう、浅沼、旗本屋敷を襲うなどとは好い度胸をしているじゃねえか。だがな、お前らは調子に乗り過ぎた。そんな悪巧みはすぐに露見するんだよう!」

「おのれ……。生きて帰れると思っているのか」

「手前らこそ覚悟しな。毎日稽古に明け暮れる剣術の玄人《くろうと》をなめるんじゃねえや。奴《やつこ》の加市はなあ、おれの仲間内の弟だ。手前ら使うだけ使って、どうせ事が済めばぶった斬るつもりだろう。そうはさせねえぞ……」

「斬れ！」

浅沼達は一斉に抜刀した。

「武士の情けだ。こいつは互いの剣の意地をかけた果し合いってことにしてやるぜ！」

竜蔵は叫ぶや、座敷から庭へ降り立った左端の〝あばた〟に、目にも止まらぬ速さで駆け寄ると抜き打ちに斬り倒した。

「えいッ！」

血しぶきをあげて倒れる〝あばた〟に目もくれず、竜蔵は傍の〝不精髭〟に殺到し、気を呑《の》まれて思わず繰り出したこ奴の一刀を凄まじく重い打ちで撥《は》ね返すと逆胴に一太刀見舞い、今度は斬り倒した〝あばた〟の許へと駆け戻り、庭に落ちた大刀を拾い上げ、かかってくる一人に投げつけた。

大刀は深々とその浪人の腹に突き刺さり、三人目の屍《しかばね》が庭に横たわった。

相手の先を制する見事な攻め――たちまち三人を屠《ほふ》った竜蔵の腕に、残る三人の額から汗が滴り落ちた。

それでも竜蔵は攻撃の手を緩めない。三人を相手に、左に走ると見せかけて右へと走り、そこからは息もつかせぬ太刀《たち》捌《さば》きで、敵が三太刀揮えば五太刀六太刀でこれを攻め続け、一人また一人と斬り捨てた。

「ようお頭、逃げねえのかい」

竜蔵は返り血に頬を染めながら浅沼にニヤリと笑った。

「おぬしとゆっくり勝負をしたかっただけよ」

ニヤリと笑い返したのは浅沼三郎兵衛のせめてもの武士の矜持《きょうじ》か――。

「ひ、ひえ〜ッ……」

金六が逃げ出した。

浅沼は上段に構え、じりじりと竜蔵との間を詰めた。

竜蔵は剣先を相手の左小手につけ微動だにしない。両者の無言の対峙はしばし続いたが、

「うむッ！」

「それッ！」

やがて両者の裂帛《れっぱく》の気合が響いたかと思うと、浅沼の額から鼻筋へ一條《いちじょう》の赤い線が

浮き立った。すると見る間にその線から血が噴き出し、浅沼三郎兵衛はどうっと倒れた。

悪名高きこの男も、刑死せずに武士らしく立合いでその生涯を終えたことは幸せであったと言わねばなるまい。

竜蔵は太い息を吐いて納刀すると表へ出た。

そこには網結の半次に縛りあげられた金六が転がっていた。

そしてその傍には眞壁清十郎と神森新吾が立っていた。

「竜殿、おぬしは本当に、無茶な男だ……」

呆れ顔で清十郎は言った。

黒柄組へは一人で殴り込むと言って聞かなかった峡竜蔵であったのだ。

「だってよう、これはおれが売られた喧嘩だからな。それに、ちょいと今の自分の腕を確かめてみたかったのさ」

久し振りの竜蔵の片手拝みが出た。

すっかりと夜になった亀戸村の野に佇んで、神森新吾が少し残念そうに夜空を見上げた。

黒柄組の壊滅は、一気に町奉行所を活気づけた。金六はあれこれ罪を問われ遠島が決った。市助は加市がすべてを打ち明けた日に、沼田家から暇を出され、わけのわからぬまま屋敷の外へ出たところを、黒柄組に峡竜蔵殺害を依頼した廉《かど》で、網結の半次に手札を授けている北町奉行所同心・北原秋之助《きたはらあきのすけ》によって捕縛された。

これには大目付・佐原信濃守からの働きかけがあったという。

そして、あれこれ沼田家に関ることも含めてけりをつけようと、峡竜蔵が果し合いに及んだのだ。

沼田式部は隠居を決め、以降、屋敷内での賭博《とばく》を禁じた。

危うく己が屋敷を襲おうとする計画があったことを知り、信濃守にこの先穏便に済ませるよう頼み込んだ上でのことであった。

「すまなかったな伴さん、そっと済ませるつもりが、お殿様の耳にまで入っちまった」

竜蔵は再び佐原邸を訪れた時、小野伴内に耳打ちして、大いに彼を恐縮させた。

「伴内、何故余に弟のことを打ち明けなんだ」

小野は信濃守に優しい叱責《しっせき》を受けたそうだが、

「そりゃあ、お殿様においそれと口なんか利けねえよなあ……」

竜蔵は小野の肩を叩いて笑ったものだ。

「これは先生、本日も一手指南をよろしくお頼み申しますぞ……」

御勝手門の内に眞壁清十郎が現れて、堅い挨拶を投げかけてきたが、その目は笑っている。

ふと目を清十郎の後ろで控える中間に向けてみると、それはおかしいくらいに畏まって竜蔵に頭を下げる加市であった。

その姿に触れ、謹厳な門番の目に涙が浮かんだ。

「伴さん、お前さんは本当に好い御家にお仕えしたものだなあ……」

竜蔵は嬉しくなってもう一度小野伴内の肩を叩いた。

第三話　返り討ち

一

芝《しば》・増上寺《ぞうじようじ》弁天池は、四囲の紅葉を水面《みなも》に映し鮮やかな彩りを見せていた。

芙蓉《ふよう》洲と呼ばれる池の中島にいて、今しも弁財天に参った清兵衛《せいべえ》は感嘆の声をあげた。

「こいつは見事だ……」

芝神明《しんめい》の見世物小屋〝濱清《はませい》〟の主《あるじ》にして、芝界隈《かいわい》を仕切る香具師《やし》・浜の清兵衛といえば、誰もが一目置く男伊達《だて》であるが、こうして供も連れず紅葉に目を細めている姿を見るに、どこぞの好々爺《こうこうや》かと思われる。

「親方……、相変わらずでござるな」

そんな清兵衛の姿を見るや、満面に笑みを湛《たた》えて、細い参道の向こうから足早にやって来た一人の武士がいた。

浪人風ではあるが、身につけている小袖《こそで》も袴《はかま》も小ざっぱりとしていて、総髪に結った装いを見るとどこか学者のように見える。

それも、引き締った体と炯々《けいけい》たる眼光から察するに、軍学、国学を修める憂国の士のような――。

いずれにせよ、浜の清兵衛とは不思議な取合せのように映るが、清兵衛が武士に向けた懐かしそうな表情から察するに、二人の付き合いは古く、久し振りの再会を果したようである。

「五十嵐《いがらし》先生もお変わりなく……」

「先生はよしてくれ。わたしは何の先生でもない」

「でも、先生は先生ですよ。江戸へは何時《いつ》お戻りに」

「もう三月《みつき》になる」

「なんだ、すぐに報《しら》せて下さりゃ好《よ》かったのに……」

「いや、親方とはあまり顔を合わさぬ方が、長い付き合いが出来るような気がしてな」

「左様でございますかねえ……」

清兵衛は少し寂しそうな表情を浮かべたが、

「いや、とにかく今日は先生から声をかけて頂いて嬉《うれ》しゅうございますよ。ささ、まずはお参りをすましておくんなさいまし」

「うむ、そうしよう……」

清兵衛は五十嵐という浪人が弁財天に参るのを待って、彼を永井町の〝山岸《やまぎし》〟という料理屋へと案内した。

〝山岸〟は清兵衛の息のかかった店で、仕事柄どうしても表向きに出来ない話などをする時に使う密談場所の色合いが強い。

それゆえに、清兵衛は大の贔屓《ひいき》にしている剣客・峡竜蔵さえもここへ連れて来たことはなかった。

竜蔵がお節介を焼くことによって生じる騒動に、あれこれ肩入れしてきた清兵衛ではあるが、あの爽《さわ》やかな快男児を、自分の闇《やみ》の部分が覗《のぞ》く所に連れて来たくはなかったのだ。

今しがた、

「親方とはあまり顔を合わさぬ方が、長い付き合いが出来るような気がしてな」

と五十嵐浪人が言った時に、清兵衛が少し寂しそうな表情を浮かべたのは、一見、峡竜蔵以上に爽やかで涼し気なこの武士と、〝山岸〟でしか会えぬことのやり切れなさによるものであったのだ。

五十嵐左内《さない》――清兵衛と懇意であるこの浪人は〝人斬り《ひとき》〟であった。

左内の経歴は詳《つまび》らかではない。

江戸の香具師の元締の中でも最長老である根津《ねづ》の孫右衛門《まごえもん》が清兵衛に引き合せたのが七年前のこと。

芝から愛宕下《あたごした》、目黒に至る香具師の間に内訌《ないこう》が生じ、仲間内の掟《おきて》を乱し、その争いの因《もと》を作った元締の一人を、闇から闇に葬らねばならなくなった時であった。

罪深き相手であれ、人の命を奪うのである。しかも黙って討たれるような相手ではない。

相当な腕と信用のおける人斬りが必要になってくる。

元締達は日頃、仲間内が認める人斬りの一人や二人とは繋《つな》ぎがとれるようになっていたが、その顔ぶれだけでは心許無《こころもとな》かった。

それを五十嵐左内はただ一人で、何事も無かったようにしてのけた。

しかも、自分の斬る相手に非があるかどうかをしっかりと調べ納得した上で殺しを請け負い、成功を賞されても驕《おご》ることなく、斬った相手の供養も忘れず慎ましやかに日々を暮らす――そのような態度のこの浪人を、清兵衛は大いに気に入り、時折会っては酒を酌み交す仲になったのである。

ところがその数年後に、この時の一件で葬られた香具師の残党が清兵衛の縄張り内で暴れ、左内は再びこれらを斬ることになる。

斬った数は五人に及び、さすがにほとぼりを冷まそうと左内は旅に出た。

今日の再会はその時以来三年あまりの年月が経《た》ってのことであった。

「旅に出られてようございましたな」

〝山岸〟に入ると、離れ座敷で清兵衛は左内の温和で落ち着いた様子を見て喜んだ。

二日前のこと、〝濱清〟に五十嵐左内からの文が届き、こうして再び会うことになったのであるが、

「あれから諸国を巡って、色々な風物に触れ、そこで暮らす人の声を聞いた。これからは色々な学問を修め、少しでも人の役に立てるような男に成れたらと思っているのだ……」

という左内の言葉を聞き、清兵衛は喜んだ。

「それはようございますよ。先生はまだ三十の半ばだ。これからのお人にございます。及ばずながらこの清兵衛も御役に立たせて頂きますよ」

殺しの依頼は互いに仕事ずくのことであった。二度に渡る人斬りの対価は二百両に

なり、左内の暮らしを落ち着かせたとはいえ、長きに渡って旅に出なければならなくなったのは清兵衛達の都合によることである。金のために好んで人を斬るような男ではないことを知るだけに、清兵衛は五十嵐左内にはこの後江戸で大いにその剣の腕と、学才を生かしてもらいたいものだと心底思ったのである。

「ありがたい……。親方に会えばそんな風に励ましてくれるに違いないと思っていたよ」

酒が進み、左内はしみじみと心のうさを晴らすように言った。

料理は田作《たづくり》におろし大根をのせた物に、小鴨《こがも》と辛子の黒胡麻和《くろごまあ》え、鯛《たい》の膾《なます》には栗《くり》と生姜《しょうが》が添えられてあった。

座敷の窓からは増上寺の紅葉がよく見える。

気の利いた所で酒肴《しゅこう》を楽しみ、暮らしに困らぬ者がこれからの夢を語るに何の屈託があろうかと、世の中の者は羨《うらやま》しがるかもしれない。

しかし清兵衛が見るところ、五十嵐左内の心は晴れないようだ。

「どうですかい、久しぶりの江戸は……」

清兵衛は左内を思いやり、そんな風に水を向けてみた。

左内はすぐに清兵衛の意図を察し、努めて明るい調子で、

「志高く江戸に戻ってみたが、早速人を斬ってくれぬかと誘いがかかった……」

と笑ってみせた。

「旅に出たことで自分の心は随分と変わったものの、人が自分を見る目はやはり〝人斬り〟でしかない……。はッ、はッ、当たり前のことだな」

「先生……」

「わかっている。人が自分を見る目を変えるように、精進致さねばならぬことは……。だが、そうた易《やす》く〝人斬り〟から脱《ぬ》け出せるものでないことを、この身はいつしか忘れていたようだ……」

清兵衛は思わず口を噤《つぐ》んだ。

金を貰《もら》って人を斬る――そういう稼業に一度でも手を出した者には地獄が待っている。

た易くまともな暮らしに戻って夢を見ることなど、なかなか出来るものではないことを、清兵衛は誰よりもわかっていたはずであった。左内と会うのにこの店を選んだのも、左内を人斬りと認めてのことではなかったか。励ますにしろ、もっと他に言い方があったのではと恥じたのである。

「とにかく、人斬りの仕事は断ったよ」

「そうでございますか……」

清兵衛はほっと息をついた。

「わたしに話を持って来た男も人斬りで、自分の腕ではとても斬れぬ相手だが、おぬしならばと話を持って来てくれたというわけだ。それでわたしはこう応《こた》えた。旅に出ている間に剣の腕もすっかりと鈍《なま》ってしまった。おぬしが斬れぬ相手はわたしにも斬れぬと」

「なるほど……」

清兵衛はにっこりと笑った。

「ただ、問題はその斬れぬ相手だ。わたしも馬鹿だな。何となく気になって探ってみたら、生かしてはおけぬひどい男だと聞いたものの、これがなかなかの人気でな。しかも親方との付き合いも深いという」

「何ですって……」

清兵衛の目にたちまち鋭い光が宿った。

「あっしと懇意にしている……。聞いちゃあいけねえことながら、このままでは後生が悪うございます。どうぞ、命を狙《ねら》われているその男の名を教えてやっておくんなさいまし」

「元よりそのつもりで今日は会いに来たんだよ」

「左様でございましたか……。そいつはほんにありがとうございます。して、その相手は……」

「峡竜蔵という剣客だ……」

二

「安《やす》、今時分は何が釣れるんだい」

「へい、まあ、沙魚《はぜ》に鱸《すずき》ってところでしょうかねえ」

「沙魚ってえのは、細長い、愛敬《あいきよう》のある顔をしたやつかい」

「へい、天ぷらにするとうめえやつです」

「酒と醬油《しようゆ》で煮てもうめえな。はッ、はッ、だがどうもおれは嫌われているみてえだ。浮きがぴくりともしやがらねえ……」

五十嵐左内に会った翌日。

浜の清兵衛は、峡竜蔵を釣りに誘った。

竜蔵はこれに快く応じて、朝の内に稽古《けいこ》を済ませ、今は清兵衛と、安が艪《ろ》を漕ぐ釣舟の上で釣糸を垂れている。

折よく朝からぽかぽかとした陽気に恵まれ、温かな陽光が水面に照り返し、のんびりと波に揺れている竜蔵を照らしていた。

子供のように無邪気な表情で釣りを楽しむこの男が、何者かに命を狙われていることを誰が知ろう。

清兵衛は落ち着かないでいた。

昨日五十嵐左内は、彼に人斬りの仕事を回そうとした男の名は明かさなかったし、清兵衛もこの世界に生きる者の仁義として何も問わなかった。

自分との友情をもって、清兵衛と親交があるという峡竜蔵なる剣客が命を狙われているという事実を、そっと伝えに来てくれた左内の気遣いに胸を熱くしながらも、清兵衛はやきもきとして、まずそれとなく竜蔵に、近頃何か異変がなかったか問うてみようと思い決めたのであった。

大好きな峡竜蔵の命が狙われているのだ。じっとしてはいられない。

とはいえ、日々生死の境目に立って武芸の修練を積む峡竜蔵である。差し出たことはしたくない。

まず竜蔵の様子に触れ、自分なりに竜蔵の役に立てるように動くつもりであったのだが、当の竜蔵は天真爛漫《てんしんらんまん》ないつもの彼である。

唯一人、五十嵐左内との話を伝えてある安も、どうしたものかと清兵衛の顔に目をやった。

安の目から見ても、峡竜蔵からはまったく屈託が見受けられないようだ。

清兵衛はしびれを切らして、

「そういや旦那《だんな》、この前とんだ噂話《うわさばなし》を耳にしましたよ」

「ほう、どんな話だい」

「旦那をぶっ殺してやると息まいている野郎がいるとか……」

と、冗談交りに言ってみた。

「何だ、そんな話かい」

「そんな話って……」

「この界隈にはなあ、大きな声じゃあ言えねえが、おれをぶっ殺してやりてえと思っている野郎は何人もいるよ。わァッ、はッ、はッ、はッ！　ちょいと暴れ回り過ぎたかねえ」

しかし、竜蔵はかくのごとく一笑に付した。

「へい、そのようで……」

あまりの屈託の無さに清兵衛は拍子抜けしてしまって二の句が継げなかった。

竜蔵は誰がそんな噂をしていたとも一切訊《き》くことなく、しばらく腹を抱えて船を揺らすと、そのまま釣りに興じた。

清兵衛はまた、竜蔵に惚《ほ》れてしまった。

ただの能天気で笑いとばしているのではない。峡竜蔵は達観しているのである。人の命を奪うこととてある剣客が生にかじりついていても詮無《せんな》いことだ。死が儚《はかな》いことだと誰が決められよう。死ぬことを気に病んで、生きているこの一瞬を悩むのは何とももったいないことでないか——生きることの潔さが、六十を過ぎる清兵衛には理屈でなく、ひしひしと峡竜蔵の総身から発する気で理解出来るのである。

——この御方を死なすわけにはいかねえ。

峡竜蔵にとって死ぬことは何でもないことかもしれないが、それでは竜蔵によって生かされる者達が迷惑をするではないか。

かくなる上は浜の清兵衛の意地にかけても、まず峡竜蔵を狙う者の正体をこの手でつきとめてやる——清兵衛が心に誓ったその時、

「かかりやがった！　ほら、どうだ、沙魚だぜ、どんなもんだ！　はッ、はッ、はッ」

竜蔵の竿《さお》になかなかに見事な沙魚がかかった——。

さらにその二日後。

清兵衛は再び〝山岸〟で五十嵐左内と会った。

三日前に会った折、左内の居所までは訊かなかった清兵衛である。

だが左内は、香具師の元締と〝人斬り〟の間の繋ぎの取り方だけは残していった。

毎日のように西本願寺門前の一膳飯屋で中食《ちゆうじき》をとっているとのことであった。

清兵衛とはあまり顔を合わさぬ方が、長い付き合いが出来るような気がして、江戸には三月前に戻っていながら連絡をしなかった五十嵐左内であったが、久しぶりに会ってみると乾いた心が安らいだのであろう、左内は清兵衛からの遣いが来てくれることを内心では心待ちにしていたようだ。

昨日、安が一膳飯屋を訪ね左内の姿を求めると、もう来てくれたのかと、思わず相好を崩したものだ。

「申し訳ございません。こんなにまた早く呼び出してしまいまして、御足労をおかけ申しました」

恐縮する清兵衛に、

「いやいや、安殿の姿を見た時は嬉しかった。あまり顔を合わさぬ方が好いなどと申したが、芝にほど近い所に住まいを見つけたのは、親方に会いたい思いが強かったからであろう」

　左内はにこやかに応えた。

　相変わらずその眼光には鋭いものがあったが、旅に出る前のことを思うと、見違えるほどに柔和な好い表情になったと、清兵衛はこの日改めて感じ入った。

「そう言って下さると嬉しゅうございます……」

「だが、ほんの少し気に入らぬ」

「何が、でございますか」

「今日の呼び出しは、わたしに会いたいのではなく、あれから色々考えた末に、やはり峡竜蔵殿のことをこのまま放《ほ》っておけなくなってのことでござろう」

「いえ、それは……」

「はッ、はッ、戯言《ざれごと》でござるよ。親方がそこまで肩入れをするその御仁が少しばかり羨ましゅうなったまで」

「畏《おそ》れ入ります……」

「で、わたしに何を訊きたいと……」

「へい、申し上げます」

　清兵衛は居住まいを正して、真《ま》っ直《す》ぐに左内を見た。

「峡竜蔵を斬る……。その仕事を先生に持ちかけたお人の名を教えて頂きたい……とまでは申しません。そのお人が日頃懇意にしている相手の名を、呟《つぶや》いてやって下さいませんでしょうかねえ……」

懇意にしている相手とは、左内に峡竜蔵暗殺の仕事を回そうとした〝人斬り〟に、日頃裏の仕事を依頼している者のことを指す。

峡竜蔵が狙われているということを伝えただけでも、五十嵐左内にしてみれば仕事仲間に対する裏切り行為である。それ以上のことを口にすることはさらに左内の立場を悪くするものだ。

清兵衛はそれを知りながらも、峡竜蔵の命を狙う輩《やから》は許せないという思いから、無理を承知で訊《たず》ねたのである。

「承った……。呟いてみよう」

しかし、左内は首を縦に振った。

「親方が身を挺《てい》してでも守りたいという御仁なら、きっと命を狙う者の方が不埒《ふらち》なのに違いない」

左内は立ち上がると窓の外の景色を眺めて、清兵衛に背を向けた。

「押上《おしあげ》の宇兵衛《うへえ》……、湯島の音蔵《おとぞう》……、小日向《こびなた》の富助《とみすけ》……」

そして三人の名を告げると清兵衛に向き直って、

「そもそも裏稼業に身を置く者が人斬りを雇うのは、どうしても生かしてはおけぬ者を始末する時のみ。生かしておけぬ者とは、そ奴が生きていることで多くの者の命が奪われたり、泣きを見ることになる者のことだ。わたしは納得がいくまで仕事は引き受けぬが、そうでない者もいる。それゆえ、殺しを依頼する側には決して金に転ばぬ俠気《きょうき》が備わっておらねばならぬ。そう考えると残念ながら今呟いた三人の中に、人斬りを雇う資格のない者がいることになる」

と、清兵衛に大きく頷《うなず》いた。

「先生はあっしの言い分を信じて下さいますので」

「信じる。何よりも峡竜蔵という剣客を殺さねばならぬ理由は見当たらぬ」

「ありがとうございます……」

「わたしのかつての人斬り仲間が断わり、彼《か》の者に仕事をふられたわたしも断わった今、三人の中の誰かは、また新しい人斬りを探しているに違いない」

「へい、仰《おっ》しゃる通りで……」

「親方の力をもってすれば、その辺りのことを調べるのはわけもないことかもしれぬが、今度のことで峡竜蔵殿の味方をすれば、色々と難しいことになるのではないかな……」

「なるかもしれませんねえ……」

「わたしはそれが心配でな」

「先生の名は口が裂けても出しません」

「わたしのことはよい。親方のことが気にかかるのだよ」

「嬉しゅうございますが、あっしも男伊達を売る身でございます。危ない橋を渡る暮らしには慣れておりますでございます」

「何ぞ困ったことがあれば、いつでも安殿にあの一膳飯屋を覗いてもらって下され」

「いえ、この上御迷惑はおかけ出来ません。それより先生……」

「何かな」

「いつか、峡竜蔵という男に先生をお引き合せしとうございます」

「うむ……。いつか、会える日が巡ってくればよいな……」

今の五十嵐左内にとっては、暴れ者で八方破れではあるが、剣の王道を歩む峡竜蔵が余りにも眩《まぶ》しすぎた。

それゆえに彼は清兵衛の望みには言葉を濁し、刀架《とうか》に掛けた己《おの》が差料《さしりょう》を手に取って、

「では、これにて御免……」

と、今日の別れを告げた。

「先生、もう少し好いではございませんか」

「いや、一刻も早う峡殿を狙う相手のことを……」

「いえ、訊くだけ訊いてお帰しするわけには参りやせん。あっしにとっちゃあ先生もまた大事なお人でございますよ」

「親方のその言葉だけで、もう腹はいっぱいだ。気遣いは無用。わたしは何やら今、とても気分が好いのだよ。このまま増上寺の紅葉を見ながら帰りたい……」

左内は晴れ晴れとした表情でそう言い置くと、清兵衛の前から立ち去った。

――またしばらくこの先生と会えねえかもしれねえなあ。

清兵衛は心の内でそう呟きながら、深々と頭を下げてこれを見送った。

そして、五十嵐左内の姿が見えなくなるや、すぐに〝山岸〟を出て、住処《すみか》にしている金杉橋北詰の釣具店〝大浜《おおはま》〟へ入ると、ここの二階座敷へ乾分《こぶん》達を集めた。

もちろん、峡竜蔵の命を狙う不埒な者の正体を暴くために清兵衛が号令をかけたものである。

五十嵐左内は、押上の宇兵衛、湯島の音蔵、小日向の富助の三人の内の誰かが、峡竜蔵殺しを請け負っているのではないかと清兵衛に伝えた。

それを聞いた途端、清兵衛の頭の中には押上の宇兵衛の顔だけが浮かんでいた。

湯島の音蔵は穏和な老人で、いざという時のために腕の立つ浪人との交誼《こうぎ》を欠かさぬものの、今までほとんど揉《も》め事を起こさず生きてきた俠客《きょうかく》であった。

清兵衛との交友もあり、血が流れるような緊迫した事態ともなれば必ず、

「清兵衛どん、どんなものかねえ……」

などと一声かけてくる。

まず湯島の音蔵が、金で峡竜蔵の暗殺を受けることはありえない。

次に小日向の富助はまだ三十前の若さで、昨年病歿《びょうぼつ》した先代の跡を継いだばかりの香具師の元締である。

一家の主だった乾分達には律儀な者が多く、先代が遺言した、

「おれが死んだ後、向こう十年の間は縄張り内の仕切りのことだけを考えて、余計な真似《まね》をするんじゃねえぞ」

この言葉を頑《かたく》なに守って富助を支えていたし、富助も性温厚で用心棒を雇うことはあっても、金で殺しの請け負いをするような男ではない。

そうなると、残るは押上の宇兵衛ということになる。

宇兵衛は香具師の仲間内でも評判の悪い男であった。

「男伊達を気取るのも好いが、元締と呼ばれる男にはそれなりの身上《しんしょう》が無けりゃあ、人の世話も出来ねえ。近頃は世知辛えからよう、ちょっとくれえの悪事は目を瞑《つぶ》ってやっておくんなさい……」

こんなことを香具師の寄合の席でも平気で口走る男なのである。

かねがね宇兵衛は本所《ほんじょ》の隅の押上村辺りを縄張りにしていることから、今ひとつ実入りの悪い一家の現状に不満を持っていた。

齢《よわい》四十五。このままで終わってしまいたくないという焦りも、まだまだ腕と度胸でのし上がってやろうという熱い想《おも》いも共に持ち合せている年代である。

清兵衛はあからさまに己が野望を表に出す宇兵衛に、このところ不快な想いをしていたのだ。

「押上の元締なら、金に転んでろくに殺しの的も改めねえで、人斬りに注文を出してしまうこともありうる話ですねえ……」

浜の清兵衛の右腕と言われる〝舵取《かじと》りの浪六《なみろく》〟が静かに言った。

浪六は〝大浜〟を任されている船頭あがりの四十男で、色の黒いいかつい顔付きからは想像できぬ思慮深さがあった。

末席に連なる安が、

「まったく、よりにもよって峡の旦那の命を狙おうなど、押上の宇兵衛も外道《げどう》に落ちやしたか……」

と気色《けしき》ばむのを、

「おい、お前熱くなるなら今度の一件に関《かか》わらせねえぞ」

浪六はきつく窘《たしな》めた。

「峡の旦那のことはおれも大好きだ。だがな、命を狙われるにはそれだけの理由がある。おれ達が旦那を好きなのと同じだけの想いで、旦那のことを恨んでいる野郎もまたいるかもしれねえ」

「だが、浪六の兄ィ……」

峡竜蔵を恨みに思うような者がいたら、もうそれだけでそいつらは悪党に違いないと、安は言おうとしたが、

「浪六の言う通りだ。所詮《しょせん》は峡の旦那の戦いだ。剣術のことなど何もわからねえおれ達が手出し出来るものじゃねえ。それでも、おれ達だって少しはお役に立ちてえじゃねえか。せめて旦那を狙う野郎の尻尾《しっぽ》を摑《つか》んでやろうぜ……」

清兵衛はすかさず峡竜蔵贔屓の乾分達を宥《なだ》めつつ、これを鼓舞したのである。

清兵衛の号令一下、安や浪六達が意地をかけて四散した。

清兵衛の見たところは正しかった。

押上の宇兵衛についての情報はみる間に清兵衛の許に届けられ、宇兵衛がこのところ浪人者としきりに会っていることが明らかとなった。

――宇兵衛め、舞い上がってやがるな。

香具師の元締たる者が、表沙汰《おもてざた》に出来ない仕事に関わる時は、その動きには細心の注意が求められる。

清兵衛自身、久しぶりに五十嵐左内と会って一杯やる時は何を構えることもなかったが、その後すぐにまた左内を呼び出した時は、秘事を語り合うこととて、左内が乗る迎えの駕籠《かご》は途中で乗り換えるように駕籠屋に指示し、自分は〝山岸〟の隣のそば屋から出入りして、裏庭から行き来する念の入れようであった。

思えば清兵衛が峡竜蔵と会う楽しさは、どろどろとした香具師の裏事情を忘れ、いつも真っ正面から男の付き合いが出来るからかもしれなかった。

ともかく――押上の宇兵衛は己が版図の拡大と銭儲《もう》けに躍起になっているがために、その行動が雑になっていた。

自分では慎重を期しているつもりでも、調べる者が調べれば、どのような浪人者と会っていたかはすぐに知れる。

その中に花井欣三《はないきんぞう》という浪人の名があがった。

清兵衛はその名に聞き覚えがあった。かつて花会を催した時に、用心棒を五十嵐左内に頼んだことがある。その折、左内が相棒として連れてきたのが花井欣三であったはずだ。

そうすると、この花井欣三が、左内に峡竜蔵殺しを持ちかけた人斬り仲間ではなかったか――。

恐らく花井は、峡竜蔵が悪人だと聞かされ、相応の金を積まれたが、竜蔵の剣の評判を聞き及び仕事を断わった。

しかし、報酬の多さが惜しくもあり、左内が旅から戻ったと知り、仕事を回そうとしたのであろう。

そして今、数度に渡って押上の宇兵衛が会っているという浪人者の名が松野久蔵《まつのきゆうぞう》――これは初めて聞く名であった。

花井欣三に断わられ、五十嵐左内にも断わられ、あれこれ当たった後に、この浪人を摑んだのであろう。

――こいつは人斬りではねえな。

峡竜蔵の腕が生半《なまなか》なものではないことを知って、一流どころの剣客を口説いたのかもしれなかった。

——この先は、あの人に預けてみるか。

浜の清兵衛の頭の中に一人の浪人の姿が浮かんでいた。

三

「御多忙の折、真《まこと》に申し訳ござりませぬ……」

竹中庄太夫は、細い体をさらに小さくして緊張に震えた。

無理も無い。目の前にいるのは直心影流第十一代的伝《てきでん》・赤石郡司兵衛であった。

下谷車坂にある赤石道場を一人で訪ねるなど、いかに峡道場の板頭《いたがしら》とはいえ、日頃は、

〝年寄りを労《いたわ》るつもりの稽古〟

に明け暮れている庄太夫にとっては、大変な緊張を強いられる。

その上に赤石郡司兵衛に目通りを願うなど、余りにも畏れ多いことであった。

しかし郡司兵衛は、時折峡竜蔵の供をして姿を見せる竹中庄太夫を、

「竜蔵、おぬしはなかなか好《よ》い軍師を持ったな」

と評し、日頃から気に入っている。

門人の沢村直人などには、

「お前に竹中庄太夫ほどの気働きが出来れば、この道場ももう少し風通しがよくなるものだが……」

こんな言葉をかけているくらいだ。

「どうした、おぬしが一人で来るとは珍しいではないか」

郡司兵衛はこの蚊蜻蛉《かとんぼ》のような四十男に、気安い声をかけてやった。その目には、

庄太夫が何か趣のある話をするのではないかという期待が籠《こも》っている。

「はい、少し込み入ったことがございまして、先生に御相談申し上げたく、参った次第にござりまする」

しかし一見して、日頃はおかしみを湛えた竹中庄太夫の表情に切迫したものを覚え、

郡司兵衛は部屋の隅に控える弟子を退《さ》がらせて、その目に力を込めた。

「込み入ったこととは、竜蔵のことか」

「左様にござりまする」

「それを案じて、おぬしは一人でやって来たのだな」

「はい。本日のことは、私《わたくし》の一存で参ったものにござりまする」

「うむ、聞こう」

郡司兵衛は、庄太夫にもう少し傍《そば》へ寄るようにと言った――。

庄太夫の住む横新町《よこしんまち》の長屋に安が訪ねて来たのは昨夜のことであった。

道場での稽古を終え、いつものように竜蔵と共に夕餉《ゆうげ》をとり帰宅するのを、待ち構えていたような様子であった。

「ちょいと峡の旦那のことで、お耳に入れておきてえことがございまして……」

そう伝えられ、庄太夫は芝神明宮参道にある〝あまのや〟という茶屋に急行した。

そこは神明宮の参詣客相手の休み処《どころ》であるが、ここもまた浜の清兵衛の身内が営んでいて、奥の木立に囲まれた離れの一間は、〝山岸〟のような闇の密談をする所として使っていないが、少し人目を避けて話をするにはちょうど好いのだ。

ここで庄太夫は、峡竜蔵の命を狙う者がいて、松野久蔵なる浪人がその刺客として選ばれたようだと、清兵衛から伝えられたのである。

峡竜蔵ほどの剣客を討とうという男である。きっと名の通った剣術遣いであるに違いない。その浪人がどういう男かは、まず庄太夫に調べてもらった方が好いと思う。その上でこれを竜蔵の耳に入れるかどうかの判断をしてもらいたい――。

清兵衛はそう言うのだ。

庄太夫は清兵衛の心遣いに深く感じ入った。

香具師の力を借りたとあっては峡竜蔵の剣客としての看板に傷をつけることになりはしないか。

清兵衛はそれを案じている。

そして、案じつつ、竜蔵の身に迫り来る危機に、じっとはしていられない想いがひしひしと伝わってくる。

「親方、よくぞわたしにお話し下されたな……」

庄太夫は、浜の清兵衛に丁重に礼を言うと、勇躍、赤石道場へやって来たのであった。

郡司兵衛は庄太夫から竜蔵が命を狙われていると聞いて、まず浜の清兵衛の義俠に、

「おぬしといい、その元締といい、竜蔵は何故そのように人に好かれるのであろうのう。この郡司兵衛などはかつて何度も、あ奴を道場から放り出してやろうかと思うたに……」

つくづくと竜蔵は果報者であると頰笑《ほほえ》んで、

「あの男の暮らしぶりを見ると、何かの拍子に命を狙われたとておかしゅうはないが、あ奴を討とうとは不敵な奴もいたものじゃ」

と嘆息した。

稽古においては、まだまだ峡竜蔵に一本を許さぬ赤石郡司兵衛であったが、近頃の竜蔵と真剣で果し合いをすれば、勝てると明言は出来ぬと思っている。

「それが、松野久蔵なる浪人とか……」

「松野久蔵……！」

その名を聞いて郡司兵衛は思わず身を乗り出した。

「その奴は四十絡みで、額に向う疵《きず》のある男ではないか」

「確か……、そのように申しておりましたが……」

「左様か……」

「やはり、赤石先生にはお心当りが……」

庄太夫の問いに、郡司兵衛はえも言われぬほどのやり切れなさを顔中に浮かべ、ゆっくりと頷いた。

「松野久蔵……。かつて我が弟弟子であった男だ」

「なんと……、では藤川弥司郎右衛門先生の御弟子であったと……」

「そうだ」

郡司兵衛の声に力が籠った。

「あ奴ならば、竜蔵を狙ったとて不思議ではない」

「峡先生とは何か深い因縁がございまするか」

「竜蔵になくとも、松野久蔵にはあるのであろう。もう、十五年も前のことだ……」

松野久蔵は親子二代に渡っての浪人剣客で、父久五郎《ひさごろう》が藤川弥司郎右衛門と同門であったのが縁で、藤川道場に入門した。

その頃久蔵は既に二十五歳で、それまでは父親の意向によって中西派一刀流、神道無念流などの道場で剣を学んでいた。

いずれは久蔵に直心影流を修めさせるつもりの久五郎であったが、色々な流派を知ることが肝要であるという父の教えは久蔵にとってはよかったようだ。

天性剣才を持ち合せていた久蔵は、各流派の長所を吸収し、直心影流に学ぶや、さらにその才を開花させていった。

だが、藤川道場入門後、すぐに久五郎は心の臓を病み帰らぬ人となった。久蔵は久五郎の死によって、ますますその遺志を継がんと稽古に励むが、腕を上げれば上げるほど己が強さを誇り、その態度は驕慢《きょうまん》なものとなっていった。

久蔵にとっての指導者は父・久五郎であり、最も畏怖《いふ》していた父の死は、久蔵の心のたがを外してしまったようだ。

久五郎は愛息・久蔵を強い剣士にしたが、藤川弥司郎右衛門を絶対的な師として尊ぶことを教え込む前に死んでしまった。

若い頃は見込みがないと、二度まで長沼道場への入門を断わられたという藤川弥司郎右衛門は大器晩成の剣豪で、苦労人独特の慈愛に充《み》ちた師範であった。

それゆえに門人は二千五百人を数えるまでになるのだが、峡竜蔵が父・虎蔵を亡くし、ぐれて暴れ回ったのを黙って見守ってやったのと同じく、兄弟子に対して生意気な態度をとる久蔵を、

「洟《はな》たれ小僧のことじゃ、そのうちに頭を打つことになろう。まず、大目に見てやるがよい」

と庇《かば》ってやった。

赤石郡司兵衛は師の言葉に従い、適宜久蔵に注意を与え、久蔵は抜群の強さを備える郡司兵衛の言うことには耳を傾けた。

それによって道場内は久蔵への不満を残しつつも、門人達は弥司郎右衛門の懐の深さに感じ入り、波風が立つことはなかった。

ところが、藤川道場には己が腹立ちを抑えつつ集団行動が出来ぬ者もいる。

峡竜蔵の父・虎蔵である。

虎蔵は以前から小生意気な松野久蔵を痛い目に遭わせてやろうと思っていた。

しかし、久蔵が入門してきてからの虎蔵は旅に出ていることが多く、たまに藤川道場で稽古をしても、ついつい立合って実のある赤石郡司兵衛や森原太兵衛ら、弥司郎右衛門の高弟相手に時を費やし、久蔵のことなど忘れてしまっていた。

それがある日、藤川道場へ行ってみると松野久蔵がいて、虎蔵の姿を見るや、

「峡殿、たまには某《それがし》にも稽古をつけて下さりませぬか。まさか某を嫌っているわけでも、恐れているわけでもござりますまい」

などと挑発するような物言いをしてきた。

虎蔵は、はらはらと見守る周囲の門人の前で、意外やにこやかに、

「おお、すまぬ、そういえばおぬしと稽古をしたことがほとんどなかったな。今日あたりゆるりと参ろう」

などと親し気に応え久蔵の肩を叩いたのだ。

ところが、そう言いながらその日も虎蔵は久蔵を相手にせぬまま、道場の稽古は中休みに入った。

そしてここで虎蔵は、

「よし、久蔵……この間に一勝負参ろうか」

と、門人達の見ている前での仕合稽古を切り出した。

「虎殿、今は共に体を休めると致しましょう……」

赤石郡司兵衛は虎蔵を宥めたが、

「いやいや、最前約束したところでな。のう久蔵、せっかくだ、素面《すめん》でやるか」

と、虎蔵は先ほどのお返しとばかりに久蔵を挑発した。

「素面で仕合稽古を、でござるか」

さすがに久蔵はためらったが、

「どうした、まさかお前、おれを嫌っているわけでも、恐れているわけでもあるまい」

ニヤリと虎蔵に見つめられて、反骨の虫がおきた。

「是非、一手御指南を……」

久蔵も喧嘩腰《けんかごし》に応えた。

「よし、それでこそ兄弟子など眼中に無しの松野久蔵だ」

久蔵のことを快く思っていない門人達は、虎蔵の言葉のひとつひとつに心中快哉《かいさい》を叫んだが、今は師範の藤川弥司郎右衛門は賓客を迎えに出ていて道場にはいなかった。

郡司兵衛は虎蔵を止めたが、

「なに、ほんの座興だよ。素面といってもおれは無茶はせぬよ」

虎蔵はいつもの愛敬に充ちた物言いで久蔵を促した。

「いえ、存分に願いましょう」

久蔵はまるでかわい気なくこれを受けた。

このところ久蔵は調子が好く、今日も郡司兵衛から一本を奪っていて、虎蔵と互角に打ち合える自信があった。

だが古参の門人達は、本気で怒った時の虎蔵の迫力と強さを知っている。さらに森原太兵衛なども止《や》めさせようとしたが、虎蔵は飄々《ひょうひょう》として意見を受け流し、久蔵を道場の中央に誘った。

「久蔵、参るぞ！」

「望むところにござる……！」

掛け声と共に二人はさっと間合を切った。

師・弥司郎右衛門が賓客を伴い道場へ入ろうとしたのは正にその時であった。

弥司郎右衛門も賓客も、立合いの凄《すさ》まじさに廊下に立ったまま思わずこれを見つめた。

「ええいッ！」

「やあッ！」

やがて間を詰めた二人が竹刀を交えた。

その瞬間、額を割られた松野久蔵がその場に踞《うずくま》っていた。額を押さえる久蔵の手の指の隙間《すきま》からは血が滴り落ちていた。

虎蔵の剣技の凄まじさに道場は水を打ったように静まり返った。

「やい久蔵、お前、それしきの腕で、この道場の兄弟子達を小馬鹿にしやがったのか。手加減をしてくれていたというのに好い気になりやがって。だいたいお前がおれを峡殿と呼ぶのは十年も二十年も早えんだよ！　今日《こんにち》只今より、心を入れ替えて稽古に励め。挫《くじ》けそうになったらその向う疵を鏡に映して悔しがれ、手前の未熟を嘆くが好い。おれはいつでも相手になってやるぜ……」

虎蔵はそう言い放つと、初めて弥司郎右衛門の姿に気付き、悪戯《いたずら》を見つかった子供のような顔となり、深々と一礼すると逃げるように道場を後にしたのであった。

「松野久蔵はそれから藤川道場には現れなんだ……」

十五年前の思い出を噛《か》み締めるように赤石郡司兵衛は回想した。

「何と、情け無い男でござりまするな」

竹中庄太夫は顔をしかめた。

確かに虎蔵が久蔵をやり込めたのは少々乱暴であるし大人気《おとなげ》ないかもしれない。しかし、思い上がった弟弟子を打ち据え諭した峡虎蔵の姿を思うに、さすがは竜蔵の父である、喝采を贈りたくなる。

それに比べて少し鼻っ柱を折られたくらいで道場を出ていってしまうとは、松野久蔵――ろくなものではないと庄太夫は思ったのだ。

「確かに松野久蔵は情け無い。だが、その日藤川先生が迎えに出られた賓客というのは、佐竹《さたけ》様の江戸家老であったのだ……」

佐竹家は出羽久保田二十万五千八百石の大名である。以前、久蔵の父・久五郎が佐竹家上屋敷へ出教授に行ったことがあり、その日家老は久五郎の息子・久蔵の剣の腕の評判を聞き及び、次第によっては仕官を勧めてもよいと思って来たのである。

「だが、久蔵の醜態を見てその話も取り止めとなった。久蔵も無念やる方なかったのであろう」

それから、松野久蔵は方々の剣術道場へ入門するが、行く先々で問題を起こし、いつしか江戸から姿を消した。

「その後の久蔵がどのような日々を過ごしたかは、およその察しはつく……」

「はい。察しはつきまする……」

峡虎蔵の戒めに頷くどころか、それを恨むことで己が剣を鍛え、邪《よこしま》な想いが彼の剣の品格を貶《おとし》めた。

それがために、剣客として生きる道も、新たな仕官の道も閉ざされ、刺客、用心棒の道を辿《たど》ったのであろう。

そして何らかの伝《つて》があって江戸へ戻ってみれば、峡竜蔵を斬ってくれる人斬りを探しているという。

あの憎き虎蔵の忘れ形見を斬る——夢を失《な》くした松野久蔵にとって生涯の痛快事になるはずであった。

「しかし、そのような親の因果を峡先生が背負うことになるとは……」

庄太夫の表情は沈痛に歪《ゆが》んでいた。

「剣客とは……、いや、人とはそういうものだ。そうではないか」

おぬしならわかるであろうと、郡司兵衛は庄太夫に目を向けた。

「これは私としたことが、いささか取り乱してしまいました」

郡司兵衛は満足そうに相槌《あいづち》を打ち、

「いったい誰が竜蔵の首に金を張っているのか……。それが気になるところだが、次はこの郡司兵衛が動いてみよう」

と、力強い言葉で竹中庄太夫の想いに応えた。

「ははッ……！」

庄太夫はひとまずの大役を果し、ただひたすらに平伏したのであった。

四

昼間の江戸は紅葉の赤さに彩られているが、ここ深川の夜は、建ち並ぶ料理茶屋や水茶屋の軒行燈《のきあんどん》が放つ淡い光が、町中をほんのりと朱に染めていた。

永代寺《えいたいじ》門前の仲町にある料理茶屋に、既にほろ酔い気分の武士が一人やって来た。

四十絡みで宮仕えの風ではないが、紬織《つむぎおり》の着物を身につけ、大小の刀の拵《こしら》えも金具などが凝っていて、鞘《さや》は籐《とう》巻――なかなかに羽振りの好い浪人と見える。

店へ入るとお決まりの座敷へ案内されて、料理茶屋の主が挨拶《あいさつ》に出る。

「松野様、いつも御贔屓にありがとうございます」

「亭主か、挨拶は好《よ》い。いつものように女共を、な」

じれったそうに芸者を呼べと命じた武士は松野久蔵であった。

押上の宇兵衛から峡竜蔵殺しを引き受けたからであろうか、随分と金回りが好いようだ。

「はい、畏まりましてございます……。が、その前に……」

「何だ……」

「松野様にお客様がお見えにございます」

「おれに客？　呼んだ覚えはない。すぐに追い返せ」

「いえ、それが……」

たちまち不機嫌な表情を浮かべる松野久蔵に、店の主はしどろもどろになったが、

「亭主、すまぬが呼ぶまで外してくれ……」

と、落ち着いた装いの武士が座敷へと入って来たのを幸いに、その場を下がった。

「久蔵、久しいのう……」

有無を言わせず座敷へと入って来たのは赤石郡司兵衛であった。

「何と……」

久蔵は俄《にわか》に現れた赤石郡司兵衛を前に低い声を発した。

「おぬしの姿を見かけたという者がおってな」

「左様でござったか。それでわざわざ斯様《かよう》な所まで会いに来て下されたということで……」

久蔵は皮肉に笑った。

「互いに歳《とし》を取ったな……」

郡司兵衛は小さく笑って久蔵に向かい合って座った。

十五年前は生意気さも含めて、顔全体に生き生きとした張りがあった松野久蔵も、すっかりと顔に険が立ち、きれいに身を飾っていても、あの日の輝きは無く、額に刻まれた小さな向う疵ばかりが昔の名残を留《とど》めていた。

「だが先生は御立派になられた。剣の道からも、宮仕えの道からも外れた素浪人には羨ましい限りにござる」

「素浪人にしては、その身形《みなり》といい、この店での扱いといい、随分と豪気ではないか」

「何を言いたいのです」

「おぬしは藤川道場を去ったとはいえ、直心影流において名を馳《は》せた松野久五郎先生の遺子であり、かつて、我が師・藤川弥司郎右衛門先生の薫陶《くんとう》を受けた者であることに変わりはない。その剣を邪な事に使うではないぞ」

「邪な事……」

「四十になるおぬしに今さら説くことでもなかろう」

「それを守らねばおれを斬りますか」

「斬らぬ」

「斬る値打ちもないと申されるか」

「この郡司兵衛に限らず直心影流の剣を修める者と立合いを望むなら、今一度江戸を出て己が剣を鍛え直し、一人の剣客として戻って参れ。直心影流の道統を預かる身として今日はそれをおぬしに伝えに来たのだ……」

郡司兵衛が発する言葉の一つ一つは重く、威厳に溢《あふ》れていた。

「ふッ、ふッ、ふッ……」

赤石郡司兵衛に諭されて、松野久蔵は渋い表情を浮かべていたが、やがて声を押し殺すように笑い出した。

「つまるところ、先生はおれが峡竜蔵に立合いを望むのではないかと案じておられるのでござろう」

久蔵ははっきりと峡竜蔵の名を出した。〝人斬り〟は口が裂けても、仕事仲間以外に自分が請け負った殺しの的の名は明かさぬのが信条である。

これをあっさり口にするところを見ると、松野久蔵は悪事に手を染めてはいても、まだ殺し屋になりきれていないとみえる。

「おぬしの言う通りだ。竜蔵が成長するにつれ、いつかおぬしがそれを望むのではないかと案じていた……」

郡司兵衛ももう心の内を隠さなかった。

しかし、裏で浜の清兵衛なる香具師が久蔵の動きを突き止めていたことは伏せて、

「おぬしはあの日より、峡虎蔵にいつか真剣勝負を挑むのだと公言していた。ところが峡虎蔵は旅先で亡くなり、それを聞いたおぬしは随分と落胆した……。そうして心のより所を失くし自棄《やけ》になり、おぬしはやくざな道に陥り、いつしか江戸からいなくなった……」

久蔵は自嘲《じちよう》の笑いを浮かべて頷いた。

「もう江戸へは戻るまいと思った……。ところが風の便りに、峡虎蔵の息子が親に負けぬ剣客として大きくなっていると聞いて何やら胸が騒いだ。あの小僧ッ子だった竜蔵が、虎蔵の剣を受け継いでいる……。そう思うと無性に江戸が恋しくなって、戻ってみれば何と、峡竜蔵を斬ってはくれぬかとの話がいきなり舞い込んだ……」

「何とも因果な話よの。だが、竜蔵を斬りたくば、今も申した通り、やくざ者に雇われる刺客ではなく一人の剣客に立ち戻り、果し合いにて挑むのだな」

郡司兵衛はぐっと久蔵を見つめた。

久蔵は目を伏せた。

二人の武士の間に暫《しば》し沈黙の時が流れた。

久蔵はやがてふっと自嘲の笑いを浮かべて、

「承知致した。明日にでも江戸を出ましょう……」

「了見してくれるか」

「ふッ、ふッ、赤石郡司兵衛ほどの剣客に言われては引き下がるしかござるまい。竜蔵に果し合いを申し込んだとて、受けてもらえぬとならば詮無きこと……」

「おぬしに会いに来た甲斐があった」

「酒と女に無聊《ぶりよう》を慰めていた身には、少しばかり……、嬉しゅうござった。赤石先生がこの松野久蔵のことを覚えていて下されたことが……」

そう言った松野久蔵の顔から、先ほどまでその表情に際立っていた険が消えていた。

人は自分のことを、忘れずにいてくれている者の存在を知った時、これほどまでに心が開かれるものか――郡司兵衛はいざともなれば松野久蔵を斬らねばならぬかと彼なりの緊張を持ってこの場に臨んだが、それが杞憂《きゆう》に終ったことを心底喜んだ。

「久蔵、おぬしは四十を過ぎたとはいえ、おれの歳になるまで十年はある。まだ遅くはないぞ……」

郡司兵衛のその言葉に久蔵はまた目を伏せた。

再びの沈黙の後、

「久蔵、世を捨てるな。諦《あきら》めるな」

郡司兵衛は久蔵にそう言い置いて座敷を出たのであった。

「まだ十年はある、か。されどたかだか十年……」

一人座敷に残った久蔵は唸《うな》るように言った。

その表情は相変わらず晴れ晴れとしていたが、次第に哀切の雲が漂い始めていた。


峡竜蔵が自分の身に迫っていた一切の事実を知ったのはその二日後のことであった。

しかもそれは思わぬ形で竜蔵の知るところとなった。

松野久蔵と深川の料理茶屋で会った後、赤石郡司兵衛は竹中庄太夫にそっと文を送り、松野久蔵が峡竜蔵の命を狙わんとしていた事実と、結局それを思い止《とど》まった成行きを告げ、事の次第がはっきりするまでは、まだ竜蔵に話さずにおくべし、機を見て郡司兵衛自らも立会った上で打ち明けることにせんと伝えていた。

そして、浜の清兵衛は竹中庄太夫から赤石郡司兵衛の動きをそっと伝えられ、ひとまず安堵《あんど》した上で、いったい何者が押上の宇兵衛に峡竜蔵殺しを依頼したかを探りにかかっていた。

浜の清兵衛から竹中庄太夫へ。

竹中庄太夫から赤石郡司兵衛へ。

三者三様に、峡竜蔵の身を案じつつ、そっと動き回ったことが、かえって竜蔵の剣客としての矜持《きょうじ》を傷つけることになるのではないかと、気遣っていたそんな折――。

その日も稽古が終わって、竜蔵は母屋の自室で庄太夫と湯豆腐で一杯やっていた。

「庄さん、このところ代書の方が忙しいようだな」

「はい、こういうものは重なる時は妙に重なるものでございまして」

「とか何とか言って、仕事にかこつけてそっと娘に会っていたこの前のように、何かおれに隠し事でもあるんじゃねえのかい」

「はッ、はッ、まさかそのような……」

庄太夫はぎくりとさせられて、

「そういえばこの前、清兵衛の親方にばったりと会いました」

と、話題を変えた。

「何か言っていたかい」

「先生をぶっ殺してやると息まいている野郎がいるという噂を聞いて、心配しているといっていましたよ」

「ああ、その話かい。おれは親方に言ってやったよ。おれをぶっ殺したいと思っている奴はごまんといるってな、はッ、はッ……」

「しかし先生、穏やかではござりませぬぞ。噂の真相を探ってみた方がよろしいのでは」

「いやいや、うっちゃっておけばいいさ。日頃から命のやり取りをしているのが剣客の仕事だ」

「それでも、少しでも身に危険が迫っているならば、あらかじめこれを調べておいた方が、敵を迎え撃つに心構えが違うのでは……」

「心構えは日頃から備えておくべきものだよ。それを怠って命を落とすようなことがあれば、おれもそこまでの男だということさ」

斬り合うことも死ぬことも、どうせ避けられぬことならば、それまでは何も知らずに能天気でいた方が好いではないか――それが峡竜蔵という男なのである。

庄太夫は、竜蔵に命を狙う者がいるという事実を伝えるのは、やはり赤石郡司兵衛に任すに限ると内心で苦笑いをして、火鉢に足す炭を取りに台所へと立ったその時であった。

表の方で物音がした。

竜蔵は今の今まで物騒な話をしていたこともあり、自らが玄関へと出てみた。

すると、式台の上に一通の封書があった。しかもその書状に重しとして置いてある物は三味線の撥《ばち》であった。

「これは……！」

竜蔵は激しい胸騒ぎにつき動かされ、慌てて書状に目を通した。

「何てこった……」

一読するや竜蔵は、

「庄さん！　おれの刀を持って来ておくれな」

と声をあげた。

「いかがなされました……」

突然のことに、庄太夫は怪訝《けげん》な表情で竜蔵の打刀《うちがたな》を手にやって来た。

竜蔵は刀を帯びると件《くだん》の文を庄太夫に手渡して、

「お才が攫《さら》われた……」

と声を押し殺した。

「何ですと……」

「どうしてもおれと立合いたい野郎がいるらしい……」

竜蔵はそう言い置くや、軍神のごとく引き締った顔へと変じ、単身道場を飛び出した。

「しまった！」

庄太夫は歯噛みした。

押上の宇兵衛が早くも松野久蔵の代わりとなる刺客を探し、竜蔵の妹分である常磐津《ときわず》の師匠・お才を質に取ってまで竜蔵の命を狙うとは思いもかけなかったことであった。

「何だと……」

庄太夫は竜蔵から手渡された文を一読するや、今度は低く唸った。

そして自らも己が打刀を手に、すっかりと日が落ちた宵の道を駆け出したのである。

五

畦道《あぜみち》を少しばかり西へ進むと、篝《かがり》の明かりがはっきりと見えた。

「こいつは御丁寧なことだ……」

峡竜蔵はふっと笑みを浮かべた。

この様子ならば伏兵も無く、お才も無事であろう——そう思ったのだ。

相手は文の通りに自分の居所をはっきりと伝えている。

文は脅迫状というよりは果し状といえるものであった。

剣を交えるに当たっては卑怯《ひきょう》な真似はしないつもりであるらしい。

果し合いの場は本所押上村、佐竹右京太夫下屋敷裏であった。

竜蔵は道場を出ると、金杉橋南詰にある船宿で猪牙《ちょき》を仕立て、大川から竪《たて》川へ、五ツ目の渡しで降りて通りを北へと進んだ。

小梅村と柳島村の境を突っ切ると、篝を焚《た》いておくとのことであったが、それも文に認《したた》められた指示通りであったのだ。

道行くごとに竜蔵の心は落ち着いてきた。

篝に照らされた所は畦道の広場となっていて、朽ちかけた出作り小屋が建っている。

その前に文の送り主は立っていた。

そして傍に置かれた鞍掛《くらかけ》にお才が座っているのが見えた。

「お才、無事で何よりだ……」

竜蔵はまずにこやかにお才に声をかけた。

「無事ってわけじゃあないよ。こんな来たくもない所に無理矢理連れて来られたんだからさあ」

お才はいつもの憎まれ口を叩《たた》いたが、ほんのり顔は上気していた。

お才を攫えば峡竜蔵は必ずやって来る——他人にそう思われて、果して竜蔵はただ一人で駆け付けてくれた。

そういう役回りに選ばれたことは、お才の女としての優越感を少しばかりくすぐったようだ。若き日に鉄火場をかい潜《くぐ》ったお才には、この場に居て、そんな想いに浸れる度胸が備わっていた。

「許せ……。何としてもおぬしと立合いたい……。そう思うと、居ても立ってても居られなくなったのだ」

文の主は静かに言った。

「ああ、親父《おやじ》もとんだ災を残してくれたぜ……」

竜蔵は嘆息すると、

「久しぶりでござったな、松野久蔵殿……、ああ、いや、松野殿とお呼びするのは十年も二十年も早うござりましたかな」

懐かしそうに、言葉を返した。

果して竜蔵に果し合いを挑んだのは、赤石郡司兵衛に諭されたはずの松野久蔵であった。

「いや、おれはおぬしに剣を教えたこともなかった。松野と呼ぶが好《よ》い」

久蔵の表情は郡司兵衛と別れた時よりもなお、晴れ晴れとしている。

「ならばこのまま松野殿と呼びましょう。届けて下された文、おもしろく拝読仕《つかまつ》った」

「それは何より。師匠をこの小屋に閉じこめた後、贔屓にしていた男芸者に付け文を頼まれたと偽り届けてくれるよう頼んだのだが、役に立ったようだ」

「そのようでござるな。しっかりと封がなされたままでしたよ」

「それも何よりであった……」

「それにしても、やくざ者に斬ってもらいたいと頼まれたのがこの竜蔵であったとは、大した因縁ですねえ」

「赤石先生もそう仰《おお》せになられた……」

「赤石先生に諭され一旦《いったん》は某との立合いを思い止ったが、やはりどうしても真剣勝負をしたくなったとありましたが、どうしてです。渡世の義理ですか」

「そのようなものではない。おれに峡竜蔵を斬ってくれと頼んだ者の名は今さら申さぬが、おぬしと勝負を決したくなったのは、そのような義理でも金ずくでもない。赤石先生のお言葉に従い江戸を出ようとて、名残におぬしの姿を一目見ようとしたのがいけなかった」

昨日、江戸を発《た》たんとしてそっと峡道場の武者窓を覗いた松野久蔵であったが、格子の隙間から見た峡竜蔵は、正しく十五年前の虎蔵の姿そのままであった、と久蔵は言った。

「なるほど……。喜ぶべきか、悲しむべきか……」

「おぬしを見た途端、おれの頭の中に、いつか峡虎蔵を倒してやると、ひたすら剣の修行に励んだ昔が蘇《よみがえ》った。そうだ、おれは剣客として生きようとしていたのだと……」

「それならば赤石先生が申された通り、しがらみを何もかも断ち切ってから果し状を送りつけてもらいたかったものだ」

「だがおれには時が無い！　もう時が無いのだ……。赤石先生は、おれの歳になるまで後十年はあると申されたが、これから先の十年で何が出来よう。おぬしの親父殿が死んで十余年。親父殿に最早《もはや》恨みつらみは何もないが、峡虎蔵の剣を継ぎ、赤石郡司兵衛ほどの剣客に世話をやかせる峡竜蔵……。おぬしが羨ましく、憎うなった……」

　久蔵は溢れる想いを堪《こら》えきれず低い声を発した。

「どうあっても某と立合うと申されるか……」

「この場にいて最早断れぬはずだ」

「いかにも……」

　竜蔵は苦笑した。

松野久蔵は竜蔵が拒んだとて斬りつけてくるであろう。

篝の火は衰えることをしらなかった。

「お才、そういうことだ。この埋め合せは改めてするから、お前は帰れ」

竜蔵は意を決しておお才に言った。

「嫌だよ。こんな暗い畦道を一人で帰れと言うのかい」

お才はうんざりとした表情を浮かべた。

「そう言ったってお前、事が済んで、おれが生きているかどうかわからねえぜ」

「それもそうだねえ……。そんならその時は、松野さんにその辺まで送ってもらうよ」

「そうだな。そん時ゃあそうしてもらいな。松野殿、頼みましたよ」

「うむ、心得た……」

あっけらかんと話す竜蔵とお才の会話に、久蔵はぽかんとして頷いたが、つくづくとお才を見て、

「そうか……、今さらながら気がついた。おれに足りなんだものが何であったか……」

感慨深げに言った。

その答が何かははっきりと言わなかったが、竜蔵にはわかるような気がした。

「お才、少しの間、目と口を閉じておけ……」

竜蔵はお才にそう言いつけると、久蔵に向き直ってしっかりと頷いた。

「忝《かたじけな》し……」

久蔵は刀の下げ緒で襷《たすき》を十字にあやなし、袴の股立《ももだち》を取った。

竜蔵もこれに倣《なら》う。

お才は目を閉じたが、その体は小刻みに震えていた。

竜蔵はそれを愛《いと》おしく思った。

――心配するな。お前の前で喧嘩に負けたことは一度もなかったじゃねえか。おれにとっちゃあ福の神のお前がここにいるとはついているぜ。

竜蔵は心で語りかけながらゆっくりと刀を抜いた。

――何と楽しそうな。

抜き合せつつ久蔵は感嘆した。

これから命のやり取りをするというのに、竜蔵の剣はしっぽりと濡《ぬ》れている。

十歳以上も歳の離れた二人であるというのに、年若の峡竜蔵の平青眼《ひらせいがん》の構えの方がはるかに久蔵のそれより余裕があった。

「いざ……」

久蔵はそんな思いを振り切るように間合を計るが、竜蔵は大山のごとく動かない。

そして、目の前に立ち塞《ふさ》がる竜蔵の姿はあの日の虎蔵の姿と等しく重なった。

「ええいッ！」

久蔵は待ち切れずに、吸い込まれるように豪快なる突きを繰り出した。

「うむッ！」

竜蔵は手首を返してこれを払うと、さっと牽制《けんせい》の一刀を横にくれた。久蔵はすっと退いて次なる攻めへの構えをとったが竜蔵は下がらぬ。下段に構え、いつしか間を詰め久蔵に肉迫する。

久蔵は堪えきれず打って出た。

闇に二本の刀がぶつかり合い火花を散らしたが、技の勢いは前へ前へと出る竜蔵が勝っている。

「むむッ……」

次の瞬間――小手を斬られた久蔵はその場に刀を落とした。

傷は浅いがすぐに刀を構えられぬほどの痛手である。

「ここまでとしましょう」

竜蔵はあっさりと刀を引いた。

「斬れ！　何故斬らぬ。この身を斬っては刀の汚《けが》れとなるとでも申すか。やくざに落ちぶれたとはいえ、罪無き者を一人たりとも斬ったことはない……！」

　久蔵は恨めしそうな目を竜蔵に向けた。

「この峡竜蔵、真剣での立合いに応えたはずでござる。相手の命を奪うか奪わぬかはこちらの勝手でござろう」

「いや、しかし……」

「しかしもへちまもありませんよ。こんな夜中に呼び出されてこっちはいい迷惑だ」

「竜蔵……」

「あなたは好い気持ちで剣客らしく斬り死にしたかったのかもしれぬが、この上松野殿を斬れば、後のことが面倒でしょう」

「それはそうだが……」

「赤石先生は松野殿に江戸を出て、今一度剣を磨き、剣客に戻ってから峡竜蔵と立合えと仰しゃったんでしょう。某も余計なことをして、あの恐い先生に睨まれたくはない！」

「うむ……」

「お才、お前いつまで目を瞑ってやがるんだよ。さっさと帰るぞ」

「声がしてるってことは竜さん、生きているんだね」

「二人共生きているよ」

「そんなら目を開けるよ」

おオはニヤリと笑って両の瞼《まぶた》を開くと、女だてらに篝を蹴《け》り倒した。

火花が美しく辺りに飛び散った。

「火の始末をしておかないとね……」

「いけねえ、そうだな……」

竜蔵は傍に水桶《みずおけ》があるのを見つけて、これに水をかけた。

その間、お才は手拭《てぬぐい》を歯で裂いて、松野久蔵の右小手を縛った。

「ふッ、ふッ、竜さん、昔はよく喧嘩で怪我をしたお前さんの傷口をこうして手当をしてあげたもんだ」

「何言ってやがんだ。おれは傷なんか受けたことはねえよ。さあ、行くぞ……」

もくもくとたちこめる白い煙を背にして、三人は歩き始めた。

「はッ、はッ、はッ……」

左手で右の手首を押さえながら、久蔵は笑い出した。

「わァッ、はッ、はッ、はッ……、こんな馬鹿な真剣勝負があるか……、はッ、はッ……」

「おかしゅうござるか……」

竜蔵はきょとんとした顔で久蔵を見た。

「おかしい……。真におかしい……。おれに足りなんだもののひとつだ。この馬鹿馬鹿しさとおかしみは……」

何だこの親爺《おやじ》は――お才を攫って、真剣勝負を強要して笑ってやがる。しかしこのところ、こんな風に人に笑われてばかりのような気がする。

そう思うと竜蔵もまたおかしくなってお才と顔を見合せ、つられて笑った。

すると向こうの方からぶら提灯《ちょうちん》の明かりが迫ってきて、足早にやって来る二人の武士の姿が見えた。

赤石郡司兵衛と竹中庄太夫であった。

郡司兵衛は峡竜蔵と松野久蔵の笑い顔を夜目に見て、

「馬鹿者！　おのれ、何をしておる！」

と、雷のごとき総身に突き刺さるような叱責《しっせき》を浴びせた。

「ほら、言わんこっちゃない……」

首を竦《すく》める竜蔵の横で、久蔵は何とも決りの悪そうな表情で、郡司兵衛の前に平伏した。

六

「峡の旦那とは欲得抜きの付き合いでございますから、ここでお話しはしたくなかったんだが、今日だけはごめん下さいまし……」

芝増上寺にほど近い永井町の料理茶屋〝山岸〟の一室で、浜の清兵衛は畏まっていた。

「何を言っているんだよう親方……。ちょっとばかり親方の懐の内に入って、何やら気分がいいよう」

峡竜蔵はにこやかに応えると、威儀を正して頭を下げた。

「このおれのために、あれこれと手間をかけてしまったな。仲間内から睨まれるようなことをして、肩身の狭い思いをしたんじゃねえのかい……」

「とんでもねえ……。こっちこそ、旦那ほどのお人に、余計な手出しをして、道場の看板に傷をつけちまったらどうしようかと、それればかりを案じておりましたが、お話を伺って、随分と安堵を致しましてございます……」

座敷には二人の他に、竹中庄太夫と安が控えていて、二人の会話にいちいち相槌を打っている。

竜蔵は命を狙われていたこと、それを周囲の皆がそっと探っていてくれたことを知った。

そしてこの日、浜の清兵衛から新たな報せを受けていた。

松野久蔵は赤石郡司兵衛が自分を忘れずにいてくれて、しかも訪ねてくれたことに心千々に乱れ、自殺的に峡竜蔵に真剣勝負を挑んだ。

その行動は、郡司兵衛に諭されたことにより、彼の体内に眠っていた剣客としての血が、一瞬にして沸騰したことに他ならない。

だが、それを剣と茶目っ気で見事に退け、生きる力を与えた峡竜蔵の成長に、赤石郡司兵衛は手放しで喜んだものである。

松野久蔵は、いつの日か峡竜蔵と竹刀、素面による立合いを望み、これを快諾した竜蔵と別れた後、郡司兵衛の勧めで、八王子にある直心影流道場へ、師範代格として赴くことになった。

郡司兵衛はその餞《はなむけ》にと、藤川、赤石両道場から選《よ》り抜きの剣士五名を同行させ、八王子を盛り立ててくるよう命じた。

「かたじけのうございまする……。この後は少しでも世のためになることも考え、やくざ渡世にまみれた垢《あか》を洗い流して参りまする……」

最早、竜蔵によってあらゆる呪縛《じゅばく》から解き放たれた久蔵は、涙ながらに郡司兵衛に、今度こそはと誓いを立て、

「まずはその手始めに……」

と、押上の宇兵衛の住まいである柳島妙見堂前にある船宿へこの五名を従えて訪ねたのである。

久蔵は五剣士を船宿の表に待たせ、宇兵衛を呼び出して、峡竜蔵を襲ったが返り討ちにされたと右手首の傷を見せた。

「峡竜蔵を仕損じたは己が技の拙《つたな》さであった。かくなる上は剣客に戻り、もう一度剣を鍛え直すゆえ暇《いとま》を告げに来た」

「仕損じた……？」

押上の宇兵衛は慌てて場所を変えようと言ったが、

「心配致すな。おぬしのことは他言せぬ。だがひとつだけ言っておく。おぬしは峡竜蔵は生かしておいては世のため人のためにならぬ極悪人と申したが、それはとんだ偽りであったようだ」

「何ですって……」

「金に転ぶと天罰が下るということだ。おれも危うく右腕を落とされかけた。この腕が残っているのは峡竜蔵のお蔭《かげ》よ……」

久蔵はそう言い捨てて、そのまま旅に出たそうな。

「あの痩《や》せ浪人の後を追え……」

秘事を抱えたまま元の剣客に戻ろうとは虫が好すぎるとばかりに、宇兵衛は乾分に命じたが、乾分は表に出て度胆を抜かれた。

見るからに屈強そうな武士が五人居並んで、松野久蔵を待ち受けていたからである。それはまるで五大明王が降臨したかのような壮観で、物腰、立ち居振る舞いに至るまでそれぞれ品格を備えた剣士が五人揃《そろ》うとそれだけで圧倒されて、日頃ここに出入りするやさぐれ浪人達などまるで霞《かす》んでしまうほどであった。

後を追えと言われたとて、これから旅に出る六人の武士を追えるものではない。

余ほど人目を引いたのであろう。久蔵を待つ五人の姿に心引かれた通りすがりの者が五人に何《いず》れの道場の御方かと訊ねたところ、直心影流・藤川道場と赤石道場の者だと答えたという。

江戸で名だたる道場の門人に付き添われる松野久蔵とはどういう男なのか。

「金に転ぶと天罰が下る……」

そう思うと久蔵が言い残した言葉がやたらと気にかかったのであろう、

「押上の宇兵衛の野郎はすっかりと引っ込んじまったかと思うと、縄張りを捨て江戸から逃げるように出てしまったそうですぜ」

浜の清兵衛は宇兵衛の顚末《てんまつ》をそう伝えた。

「ほう、やはり天罰が下ったというわけか」

竜蔵は神妙に頷いてみせたが、

「だが、それだけのものでもあるまい。親方がおれの敵《かたき》を討ってくれようとしたんだろう」

と、問うた。

女心には未《いま》だ気が回らぬ竜蔵ではあるが、男の義理や親切には敏感だ。

「まあ、仲間内でもあの野郎のことを快く思わぬ者も多うございましてね……」

清兵衛はニヤリと笑った。

「あれこれは申し上げませんが、皆、あっしのようにやさしくはねえってことでございますよ」

さすがにその名は出さなかったが、清兵衛は竹中庄太夫に竜蔵に迫っている危急を伝えた後、密《ひそ》かに香具師の元締の中でも最長老である根津の孫右衛門と会って、

「元締、あっしが近頃惚れ込んでいる男が一人おりやしてね。それがどういうわけか、押上の宇兵衛に命を狙われているようなんでございます……」

と、包み隠さず打ち明けた。

「そうかい、何とはなしに押上の動きが気になっていたが、ほう、そんなことがあったのかい……」

日頃、清兵衛の義侠を認めている孫右衛門は、さもありなんと耳を傾けた後、

「お前さんのことを疑うわけじゃあねえが、ほんの少しだけ時をおくれな……」

と、穏やかな表情で胸を叩いたものだ。

香具師の元締の中でも隠然たる力を持つ孫右衛門は、時に起こりうる元締同士の紛争などを調停する役割を知らず知らずにこなすようになっていた。

「根津の元締ならば……」

仲間内の者達はそれに異論を挟まなかったが、中には孫右衛門を表敬訪問して、あれこれ他の元締のことを悪く言いたてたりする者もいる。

いくら孫右衛門自身が一目置いている清兵衛の言葉とて、まず調べてみるのが孫右衛門の立場なのである。

そして、三日も経たぬうちに孫右衛門は清兵衛を呼び出して、

「清兵衛どんの言う通りだったよ。ろくに調べもしねえで、金と力に引かれて堅気の御人の命を狙おうとはとんでもねえ野郎だ……」

と、穏和そうな目の奥に鋭い光を浮かべて押上の宇兵衛を江戸から追い払うことを伝えたのである。

宇兵衛には密かに監視がつけられ、新たな土地で裏稼業に手を染めていると見なされた時は、宇兵衛に〝人斬り〟が放たれることになる。

清兵衛はその詳細を伝えなかったが、市井に通じる竜蔵には何となく元締達の掟や信条がわかるゆえ、それを問うてはならぬことも知っている。

「ある御人……、とだけで御勘弁願います」

「好いさ、どうせおれの知らぬ人だ。その、ある御人が香具師の風上にも置けねえ野郎を裁いてくれたってわけだ。まずはめでてえことだ。親方のお蔭だな……」

竜蔵はただただ清兵衛に謝意を述べたのであるが、

「まだ、めでてえとは言えませんよ」

清兵衛は何よりも竜蔵に伝えたかったことがあった。

「一番大事なことがひとつ残っておりやすよ」

「一番大事なこと……」

首を傾《かし》げる竜蔵に、同席している竹中庄太夫が待ち切れぬとばかりに、

「押上の宇兵衛にいったい誰が先生を殺してくれと頼んだのか……。でございましょう」

と口を挟んだ。

「庄さん、それはいくら何でも親方とて……」

頼んだ者の名を明かさないのが、闇の仕事の間に入る者の掟だということを竜蔵はわかっていた。

「いえ、余りにも非道なことを頼んでくる者は名を明かし、以後誰も取り合わねえようにするのでございます」

「なるほど……」

「そうして、ある御人がそのことまでも調べて下さいました」

「そうなのかい……。親方はそのある御人には余ほど好かれているんだなあ……」

竜蔵は嘆息した。

「ありがてえことでございます。あっしはその男の名をお伝えするために旦那をこの店にお呼び立てしたのでございます……」

根津の孫右衛門が清兵衛への義理立てとして、

「こいつはおれの気持ちだ。清兵衛どんが肩入れしている旦那とやらにそっと教えて差し上げるが好い……」

と、報せてくれたその名は、

「笠原監物《かさはらけんもつ》……、という名の侍とか……」

清兵衛は静かに言った。

「笠原監物……」

竜蔵と庄太夫はあっと息を呑《の》んだ。そして、その名を聞いて合点が行った。

笠原監物――かつて私塾〝文武堂《ぶんぶどう》〟の塾頭であった武士だ。この私塾は法外な束脩《そくしゆう》を納めねばならないが、その名の通り文武に秀《すぐ》れた武士を育成し、そこでの修業を得ると出世が約束されていると評判を取り、大いに栄えた。

しかしその陰には高家《こうけ》を務める笠原の異母兄・大原備後守《おおはらびんごのかみ》がいてこれを操っていた。

そして私塾の内状はというと、塾生から金をむしり取るだけの真に中身のないもので、峡竜蔵の盟友・眞壁清十郎は、若き日に束脩の金が足りぬと追い返され辛酸を舐めさせられた。また、愛弟子《まなでし》・神森新吾の縁者で幼馴染《おさななじみ》の宮部達之進《みやべたつのしん》は金がすべての塾のあり方に異を唱え、それがために笠原の怒りを買い、武芸場で折檻《せつかん》を受け、それが原因で命を落した。

しかもそれを事故だと揉み消した仕打ちに、峡竜蔵は義憤を覚え、笠原の罪を暴き、大目付・佐原信濃守の力を借りて清十郎と共に塾に乗り込んで一暴れした。

これによって塾は解散に追い込まれ、柳営《りゅうえい》で権威を揮《ふる》っていた大原備後守も、それ以降佐原信濃守を恐れてすっかりと大人しくなった。

姿をくらましてしまった笠原監物が竜蔵を恨みに思い、刺客を差し向けたとて不思議はない。文武堂があったのは向嶋《むこうじま》で押上にほど近い。宇兵衛とは以前から何らかの接触があったのであろう。

「その上に、大原備後守も佐原様のことを恨みに思っているのでしょうな」

庄太夫が推測した。

このところ大目付・佐原信濃守は、自邸にて剣術指南を務める峡竜蔵自慢を方々でしているらしい。

備後守にしてみればこれが耳障りであり、人に恨みを持たれたとておかしくない峡竜蔵を殺してやろうと思ったのであろう。

だが、思いもかけず峡竜蔵の腕のほどは世間に知られるところとなり、これを引き受ける人斬りもなく、竜蔵に因縁のある松野久蔵に行きついたのがかえって運の尽きとなった。

「笠原監物の行方は知れません。この先また厄介なことを仕掛けてくるかもしれませんねえ」

清兵衛はやりきれぬ表情で言った。

「なに、そういう野郎がいる方が心に張りが出来るってもんだ。だがこのことは、佐原のお殿様には言わねえ方がいいなあ」

竜蔵は庄太夫を見て言った。

「いえ、折を見てお話しになられた方がよろしいかと……」

庄太夫は畏まって進言した。

「なるほど、わかっていれば心構えが違うか。うむ、庄さんの言う通りだな」

「生意気な口を利いておりまする……」

「いや、おれは今まで、斬り合うことも死ぬこともどうせ避けられねえことなら、その場が来るまではお気楽にいた方が好いと思っていたが、とんだ間違いだった……。おれが好くても周りの者に迷惑がかかることもあるんだなあ。敵の動きを知り、気をつけていれば、お才が攫われることもなかったんだ。まあ、あいつが攫われてくれたお蔭で、ちいっとばかりおもしれえことになったんだが……」

竜蔵はつくづくと語った。

庄太夫はただ相槌を打つだけで、もう何も言わなかった。

「うむ、佐原のお殿様には折を見て話そう。親方も庄さんも気をつけてくれよ。二人とも、おれにとっちゃあ大事な人だ。いやいや、今度のことはほんにありがたかったよ……」

竜蔵は満面に笑みを湛えてその場で少し頭を下げてみせた。

やや細面《ほそおもて》の張り出した頬骨《ほおぼね》の辺りが、何やら丸みを帯びてきたように思える。口には出さねど、この男の成長を見続けてきたという自負がある庄太夫と清兵衛は〝大事な人〟と言われて、叫び出したいほどの浮かれた想いに顔を赤く染めた。

すっかりと顔が火照った清兵衛は、風を通さんと窓の障子戸を開けに立った。

清々《すがすが》しい秋風と共に遠く増上寺の紅葉が目にとびこんできた。

こちらの〝赤〟もまだまだ見頃である。

ほのぼのとした想いを大事に胸の内に仕舞って、竜蔵は二人と別れ、ぶらりと新堀川沿いの道を歩いた。

広々とした明き地に木々が繁り、鳥の囀《さえず》りなどが聞こえるこの川辺は、何か物想う時に出かける、竜蔵の散歩道なのである。

日は早くも暮れてきたが、川風がちょうど好い具合に頭を冷やしてくれた。

「真に羨ましゅうござる……」

川越しに増上寺の紅葉を見つめる竜蔵に一人の武士が声をかけた。

その武士は五十嵐左内――この度の話の発端を作った〝人斬り〟であった。

「某が、でござるか……」

左内とは初対面の竜蔵はきょとんとして応えた。

「いかにも……、人は己が心の命ずるままに生きることは難しいが、あなたを見ていると、かくも真っ直ぐに生きることが出来るとは……、真に羨ましい……」

「はて、貴殿とは初めて会うが、八卦見《はっけみ》でもなされるか」

竜蔵は左内が自分に好意の眼差《まなざ》しを注いでいるのがちょっと気恥ずかしく、はにかんでみせた。

「これは無躾《ぶしつけ》をお許し下され。あなたはわたしと会うのは初めてかもしれぬが、わたしは初めてのような気がしませんでな」

「はて……」

竜蔵がしっかりと左内に向き直った時――。

左内の腰間から抜き放たれた白刃が竜蔵めがけて一閃《いっせん》した。

「うむッ！」

竜蔵はこれを体を半転してかわし、もう一度その身を左内に向けた時にはしっかりと、抜いた刀を平青眼に構えていた。

左内はその刹那《せつな》、崇高《すうこう》なる仏像を見るかのようなうっとりとした表情を浮かべ、己が白刃を鞘に納めた。

「さらなる御無礼をお許し下さりませ」

その挙作動作があまりにも堂々としていて潔く、竜蔵は怒る気にもなれず、自らも納刀してまじまじと左内を見つめた。

「返り討ちだ。やはりわたしには、あなたを斬ることなど出来なんだ……。それを確かめたかったのでござる」

「え……？」

「清兵衛の親方にお伝え下さらぬか。五十嵐左内はまた旅に出たと」

「清兵衛の親方に……」

「いくら正しい剣を使わんとて、やはり人の目をた易く変えることは出来ませぬ……。あなたが羨ましい……」

「そうか、貴殿でござったか。某が命を狙われていると親方に伝えて下されたのは」

竜蔵は、はたと思い至ったが、

「御免……」

五十嵐左内は何も応えずに去って行った。

彼は江戸の名残りに美しいものに触れたかったのだ。

あの男にも松野久蔵と同じく武士として生きる夢があったのであろう――。

理由はわからねど、剣に優れ、胆力を備えているゆえにこそ命のやり取りの深みにはまり、人斬りに身を落としてしまったのに違いない。

「五十嵐左内か……」

自分があの男のようにも松野久蔵のようにもならなかったのは、ただただ人との巡り合せに恵まれていたただけに過ぎぬ。ただそれだけだ――。

竜蔵はその想いを胸に刻みつつ、江戸を去るという一人の武士の後ろ姿を、いつまでも見つめていた。

第四話　十五の乱

一

「何やら先生と一杯やるのは久しぶりのような気がするが、考えてみれば二月ほどしかたっておらなんだのだな……」

その日の佐原信濃守は、中奥の自室に峡竜蔵を招いて真《まこと》に上機嫌であった。

剣にかけてはひたむきで精進を怠らない道場師範ではあるが、町場の破落戸《ごろつき》達の喧《けん》嘩《か》の仲裁をしたり、とかく暴れ者の名を轟《とどろ》かせていた峡竜蔵を、その男振りを見込んで、信濃守が自邸の武芸場へ指南役として招いてから既に二年余りとなる。

この間、正義を貫くあまりに竜蔵が引き起こしたあらゆる騒動の後押しをしたり、また大目付という仕事柄生じる危険な案件を託したりするうちに、信濃守の峡竜蔵贔《び》屓《き》は相当なものとなっていた。

近頃では自邸にいる時は必ず、出稽古《でげいこ》に赴いた竜蔵を中奥の自室に呼んで言葉を交わすことを楽しみにしていた。

「今日は先生、こっちの仕事も落ち着いたから、まあゆっくりとしていってくれ……」

信濃守はいかにも嬉《うれ》しそうな表情で竜蔵に酒を勧めた。

竜蔵の前には、とろろ汁にわさびを添え豆腐にかけた一品に、田楽豆腐、南禅寺というあんかけ豆腐に芥子《からし》を添えたものなど、彼の好物である豆腐料理が膳《ぜん》に置きされぬほどに出されている。

「これは忝《かたじけの》うござりまする。いや、まったくうまそうだ……」

感嘆する竜蔵に、

「そいつはよかった。まずやってくれ……」

信濃守の口調もくだけてくる。

若い頃は市井に遊んだ信濃守である。竜蔵と酒を酌み交している間は城勤めの固苦しさから逃れられ、気が落ち着くのであろう。

側用人《そばようにん》として信濃守の信任厚い眞壁清十郎も、日頃の主君の激務を知るだけに、今も相伴《しょうばん》をしながらこの頬笑《ほほえ》ましい光景に目を細めていた。

それと共に、今日は屋敷へ入るや竜蔵が清十郎の姿を探し、

「後でお殿様に目通りが叶《かな》うかい？」

と訊《たず》ねていたことが少しばかり気にかかっていた。

折を見て、何か話したいことがあるのではないかと水を向けるつもりの清十郎であったが、信濃守はとにかくまず、竜蔵からおもしろい話を聞きたくてうずうずとしているようである。

「先生、あれから何か変わったことはなかったかい」

「はい、変わったことは色々とございました」

畏《かしこ》まって答える竜蔵に、信濃守は大いに満足をして、

「おお、色々あったか。ひとつひとつ聞きたいものだな」

「畏《おそ》れ入りまする」

「どのようなことがあったのだ……」

「道場のこと、弟子の神森新吾のこと、そして、この竜蔵のことにござりまする」

「ならばまずは道場のことを聞こう」

「新たに弟子が二人、入門して参りました」

峡竜蔵の剣名は上がれど、剣術師範としての名声はなかなかに上がらず、長く門人が三人しかいなかった三田二丁目の道場に入門を望んだのは、

〝津川壮介《つがわそうすけ》〟

〝北原平馬《へいま》〟

という。

いずれも齢《よわい》、十五。この一月の間に次々と掛札に名を連ねた待望の新弟子であった。

津川壮介は神森新吾の従弟《いとこ》にあたる。

新吾の父・文蔵《ぶんぞう》は、壮介の父・津川殿母《とのも》の弟で、部屋住の三男坊であったのが神森家へ養子に入ったのである。

神森家は四十俵取りの御家人で、八年前に本所割下水《わりげすい》にあった拝領屋敷が隣家の火事に巻き込まれて焼失した。

貧乏御家人に新たな屋敷を建てる余裕もない。隣家からの詫《わ》び料とてたかがしれていた。

それで御上に願い出て、神森文蔵は麻布四《し》の橋《はし》にほど近い実家である津川家の屋敷内の地所に家屋を借りて移り住んだ。

壮介はその津川家の次男である。

津川殿母は旗本といえど、百五十俵取りの小普請《こぶしん》である。貧乏旗本の部屋住の壮介を何とかしてやらねばと考えるうち、神森新吾が近頃すっかりと物腰、面構え共にたくましくなったことに気付き、剣術にかけては腕自慢であった殿母は屋敷内の庭で新吾と竹刀《しない》で立合ってみた。

すると、齢五十を超えたとはいえ、まだまだかくしゃくたる殿母が、まるで新吾に歯が立たない。

聞けば新吾は峡竜蔵なる剣術師範に学んでいて、しかも年に二朱の安さで入門しているというではないか、その名を訊ねるに荒くれの噂《うわさ》が聞こえてくる峡竜蔵であるが、これは大した剣客であると確信して、

「何卒《なにとぞ》、剣術でそれなりに身が立つようにしてやって下され……」

殿母は新吾を通じて息子の入門を望んだのであった。

但《ただ》し、本家筋の意地も体裁もある。束脩《そくしゅう》に二分の金子《きんす》を置いていった。

それ以来、互いに用が無い時の外は、神森新吾は津川壮介を連れて峡道場へ通っているのである。

今一人の新弟子・北原平馬は、峡道場の三番弟子である目明かし・網結《あみすき》の半次に手札を授ける北町奉行所同心・北原秋之助の息子である。

秋之助は腕っこきの手先である半次には、これまで何度も助けられてきたが、

「あの荒くれ剣客に弟子入りするなんざ、お前も酔狂が過ぎるぜ」

などと、半次が俄《にわか》に剣術を習い始めたことを笑っていた。しかし、このところ峡竜蔵絡みで解決する一件も有り、何度か顔を合せるうちに彼がただの荒くれでないことを知り、既に奉行所には見習いとして出仕しているものの、今ひとつ武芸に優れぬ平馬に、勤めの傍ら剣を修めさせようとして入門させたのである。

「二人とも、まだまだ体が出来あがっておりませぬが、剣の筋は悪うござりませぬ。いつの日かお声をかけてやって下さりますれば幸せに存じまする……」

少しばかり得意気な表情で報告する竜蔵を見て、信濃守は相好を崩して、

「そうか、それは何よりだ。今までは門人といっても三人しかおらず、そのうち二人は四十をこえていると聞いていたが、十五の門人が二人となれば、先生も鍛え甲斐《がい》があるというものだな」

我が事のように喜んだ。

「して、弟弟子が二人も出来て、神森新吾は張り合いが出来てますます励んでいるというわけだな」

信濃守は話題を神森新吾に移した。

竜蔵が出稽古の折に何度か連れてきているので、信濃守は新吾のことは見知っていて、颯爽《さつそう》たる若武者ぶりに触れ、目をかけていた。

「さて、その神森新吾のことにござりまする」

竜蔵はそこから新吾の話を語り始めた。

「仰せの通り張り合いも出来、ますます励んでいるのでござりまするが、だんだんと某《それがし》の真似《まね》をするようになり、いささか困っておりまする」

「弟子が師の真似をすることは好《よ》いことではないか」

「いえそれが、悪い所ばかり真似を致しよりまして……」

「暴れっぷりも師匠譲《ゆず》りというわけかい」

「お恥ずかしながら……」

竜蔵は頭を掻《か》いた。

一月ほど前のことである。

その日の稽古を終えた神森新吾は、入門したばかりの津川壮介と連れ立って、三田二丁目の峡道場を出て麻布四の橋への帰路についた。

辺りには夕闇《ゆうやみ》が濃くたちこめていて、人通りも少なかった。

春林寺《しゅんりんじ》を過ぎたところで、

「何だお前は……」

「おれ達に喧嘩を売ろうってえのかい」

「気に入らねえ野郎だ。おう、こんな野郎はたたんじめえ！」

という怒声と共に若い男の悲鳴が聞こえた。

声のする方へと行ってみると、どこぞの商家の手代風の男が勇み肌の若い衆三人に殴られ蹴《け》られ踏みつけにされていた。

三人の若い衆の懐からは出刃包丁が覗《のぞ》いている。

大方、芝浦《しばうら》の雑魚場《ざこば》で働く連中であろう。

魚河岸の若い衆は俠気《きょうき》に溢《あふ》れ、気が荒い。

だが、その俠気を取り違えて、何かというと喧嘩を吹きかける性質《たち》の悪い者もいる。

芝浦の雑魚場は昼に水揚げされた魚を扱う〝夕河岸〟である。三人は魚市場の魚職人で一仕事を終えて一杯ひっかけ、これから近くの馴染《なじみ》の店にでも繰り出す途中、商家の手代がすれ違いざまに肩が触れた足を踏んだと言いたてて、この始末となったのであろう。

「新吾さん……」

新吾は壮介にそう呼ばせている。〝新吾殿〟というのも固苦しいし、本家筋の息子とはいえ弟弟子である。〝新さん〟とか〝新殿〟と呼ばれるのもちょっとばかり忌々《いまいま》しい。

この呼び方がしっくりくると思ったのだ。

「新吾さん、これはひどい。三人がかりとは卑怯《ひきょう》ではありませんか」

壮介は自ら剣で生きていこうと思うだけあって、なかなか骨のある若者である。

体格も人よりも背が高くがっちりとしていて、顔も利かぬ気に溢れている。

今にも止めに入りそうなのを、

「まあ待てよ壮さん……」

新吾は師である峡竜蔵にどことなく似た口調でこれを制し、少しばかり格好をつけて、

「こういう連中はちいっとばかり思い知らせてやらぬとな……」

とばかりに、つつッと三人の中へ割って入り一人の帯を摑《つか》むと、

「やめろ！」

一声発して投げつけた。

若い衆の一人は勢いよく地面に転がった。

「何だ手前は……」

なかなかに腕の立つ武士が現れたというのに、そこは喧嘩に明け暮れる魚河岸の勇み肌である。ちょっとやそっとでは怯《ひる》まない。

見れば若造の侍の二人連れである、残る二人は矛先を新吾に向けた。

「お前が喧嘩を引き受けようってえのかい！」

兄貴格の一人が吠《ほ》えた。

「喧嘩を引き受けるだと？　お前達のしていることは喧嘩ではない。ただの狼藉《ろうぜき》だ」

新吾は喧嘩口上も達者になってきている。

「何だっていいや、この三一《さんぴん》、なめるんじゃねえぞ！」

もう一人の方が有無を言わさず殴りかかってきた。

「しゃらくせえ！」

新吾は竜蔵譲りの一喝と共にその体を跳躍させて、相手の顔面に得意の飛び蹴りを喰《く》らわせた。

「ぎャッ……」

と叫んでこやつが地に這《は》うのに目もくれず、新吾は兄貴格が摑みかかってくるのへ、強烈な頭突きをこれも顔面に喰らわせた。

「野郎！」

最初に転がされた一人が悔し紛れに出刃包丁を懐から取り出し刃先を向けた。

新吾は腰の大刀を鞘《さや》ごと抜いて、鐺《こじり》で包丁野郎の腹をドンと突いた。

「うッ……」

たちまちその場に屈《かが》み込んだのを見計って、

「馬鹿野郎、商売道具を軽々しく喧嘩に使うんじゃねえや！　お前らは酔っている。大目に見てやるからとっとと失《う》しゃあがれ！」

新吾は堂々たる啖呵《たんか》を切った。

「覚えてやがれ……」

勇み肌の三人は捨て台詞《ぜりふ》を残して逃げ去った。

津川壮介が神森新吾を大いに尊敬したことは言うまでもない。


「ほう、神森新吾、やるじゃあねえか……」

話を聞いて、佐原信濃守は思わず市井に遊んだ若き頃の口調になって破顔した。

「まあ、人助けでございますから悪いことではねえんですがね、新吾の奴はちいっとばかり喧嘩を楽しんでいるから困りもので……」

これにつられて竜蔵の口調も俠客《きょうかく》の親方のようなものになる。

黙って聞いていた眞壁清十郎もつい、

「それもまた師匠譲りでござらぬかな……」

と相の手を入れてしまう。

その場はほのぼのとした笑いに包まれたが、

「そう言われると面目もござらぬが、派手にやらかすゆえに、ちょっとした騒動を新たに持ち込みまして……」

竜蔵は清十郎の折目正しいもの言いに、再び口調を改めて苦笑いを浮かべた。

商家の手代に丁重に礼を言われ、意気揚々と津川壮介を引き連れ帰路についた神森新吾は、三の橋に出て古《ふる》川沿いに四の橋へ向かおうとした所で若い男に呼び止められた。

「最前の魚河岸の奴らが助っ人を呼んだか?」

信濃守は興味を惹《ひ》かれて身を乗り出した。

「いえ、それが振り向いてみると、津川壮介と同じくらいの年格好の魚屋ならぬ青物の棒手振《ぼてふ》りが畏まっていたそうで……」

「ふッ、ふッ、人助けのついでに余った前栽《せんざい》を買ってくれとでも言われたか」

「いえ、それが、おれを弟子にしてくれと申したそうにござりまする」

二

その翌日のこと――。

神森新吾は道場へやって来るや峡竜蔵に、

「先生、ちと御相談致したき事がございまして……」

と切り出した。

新吾より一足早くやって来て、神棚に供えた榊《さかき》の水を替えていた津川壮介は、この様子を覗き見てニヤリと笑った。

竜蔵はそれを見逃さなかった。

――壮介がニヤリと笑うことだ。差し迫った話でもあるまい。

そう判断しつつ竜蔵は興味を惹かれて、

「そんなら、稽古が終ってから庄さんも誘って〝ごんた〟で一杯やるかい」

と、夕餉《ゆうげ》の折の楽しみとした。

知恵者である竹中庄太夫が一緒ならば、新吾にとってこれほどのことはない。

二十歳になった新吾は剣の腕だけではなく、酒の方もいける口になってきている。

「それはありがとうございまする……」

と、真っ白な歯を見せて喜んだものだ。

そして日は暮れて——竜蔵と庄太夫は、新吾からどんな相談を受けるのか興味津々で、芝田町二丁目にある行きつけの居酒屋〝ごんた〟へと向かった。

入れ込みの奥にある小部屋は、今や峡道場の会合場所として定着している。

稽古終りに新吾の相談を受けると聞くや、庄太夫は主人の権太《ごんた》に小部屋で何か旨《うま》い物をと頼みに出かけ、権太は鴨《かも》を仕入れてくれた。

これを出し汁に醬油《しょうゆ》と酒で味を付け鴨鍋《かもなべ》にするのだ。

脂ののった鴨肉を葱《ねぎ》と焼き豆腐などと共に煮ると、鍋の表面にトロリと油が浮いて真に食欲をそそられる。

「まずは食って、飲もうぜ……」

食べ物と酒を少し腹に入れてから話し始めるのが峡道場の流儀である。

すっかり空腹も収まり、心も体も温まったところで、新吾は昨日の喧嘩のことと棒手振の若者に入門を請われたことを語った。

「はッ、はッ、お前も喧嘩名人になる日は近いねえ」

竜蔵は冷やかしながら、

「それでお前の強さを見かけたその若いのが、弟子にしてくれと言ってきたか。お前はどこまでおれに似りゃあ気が済むんだよ」

と、愉快に笑った。

今年の立春の頃。

真砂屋由五郎と野州屋鮫八の喧嘩の仲裁をした竜蔵を見て、俠客・駕籠《かご》十《じゅう》の万吉《まんきち》が喧嘩の極意を教えてほしいと言ってきたことを思い出したのだ。

しかも、新吾に弟子入りを請うたというのが、十五くらいの若者であるというのが頰笑ましいではないか。

「しかし、棒手振が喧嘩に強くなりたいというのには、それなりの理由があるのでしような」

庄太夫が穏やかに問うた。

「そうなのです」

新吾が真顔で頷《うなず》いた。

この辺りの師弟の会話の間合は、好い具合に息が合っている。

「で、その若えのは強くなって剣客になりてえってわけじゃあねえんだろう。誰をぶちのめしてやりてえんだ」

竜蔵も笑いを収め、新吾を真《ま》っ直《す》ぐに見て訊ねた。

「はい。訊ねてみまするると、自分の親父《おやじ》を叩《たた》きのめしてやりたいとか……」

「親父を？」

「親父と言っても生《な》さぬ仲《なか》だそうにございます……」

棒手振の若者から弟子にしてくれと言われて、新吾はそれを冷やかしのようなものだと捉えて、

「はッ、はッ、からかわんでくれ……」

そんな風に受け流したのだが、若者は至って真剣で、

「おれは徳松《とくまつ》というものでございます。たのみます……。おれは強くなりてえんでございます……。弟子にしてやっておくんなさいまし」

などと請い願って土下座までするものだから、新吾も慌てて徳松を古川端の木陰へと連れて行き、理由を問うたのであった。

徳松が身の上を語るには――。

彼が生まれたのは芝・西応寺《さいおうじ》町の裏長屋であった。

前栽売りであった父親・徳二郎《とくじろう》と母・おときの間に生まれた徳松は、幼い頃は働き者の父の頑張りによって、何不自由なく暮らしていた。

ところが五歳になった時、父・徳二郎は胸を病み敢《あ》え無《な》くなった。

母・おときはそれが故に近くの芝浦の魚河岸で働くことになったが、ここで恒三《つねぞう》という魚職人に見初められる。

魚を捌《さば》く腕もよく、腕っ節の強さでは誰にもひけはとらず〝兄貴〟と一目置かれる恒三におときも心惹かれた。

そしておときは徳松を連れて恒三に再嫁して、入横町《いりよこ》の長屋へ移った。

長屋は裏店《うらだな》ではあるが二階建の小ざっぱりとした所であったし、恒三の稼ぎも悪くはない。連れ子のある身で再嫁したとはいえ、おときもまだ二十五歳であったから、夫婦の先行には大いに望みがあるように思えた。

しかし、腕っ節が強く誰からも一目置かれる恒三は一筋縄でいく男ではなかった。

稼ぎの分暮らしは派手で、弟分を引き連れて遊び回るし、時に前触れもなく大勢家へ連れてくる。

おときはこせこせとしたところの無い、ふわりとした魅力のある女であったが、姐《ねえ》さんと呼ばれ、てきぱきと若い連中を捌けるような気働きの出来ぬ性分であったから、恒三はそれに腹を立て、

「これだから素人の女は使えねえ……」

と酔いに任せておときを怒鳴り散らしたり、手をあげることもあった。

それでも荒くれ独特の気の好さもあり、まだ幼い徳松には、喧嘩指南をしたり、酒を舐《な》めさせて味を覚えさせたり、時にかわいがろうともしたが、継父で母親に乱暴を働く恒三に徳松が懐くはずもなかった。

そうなるとそもそも他の男が女房に生ませた子供であるから、嫉妬心《しっとしん》も手伝って、

「お前の躾《しつけ》が悪いんだよ！」

とまた、おときに辛《つら》く当たる。

おときはというと、惚《ほ》れた弱味と二度目の弱味が重なって、ただくどくどと謝っておろおろするばかりであった。

そんな母親に不満を覚えながらも、ちょっと文句を言えば張り倒される継父の恒三に対して、徳松は次第に憎悪を抱くようになっていった。

おときとの間に子も出来ずにいた恒三は、自分に懐かぬ徳松を疎んでいたが、年端もいかぬ子供に手をあげれば男が下がることはわかっていたので、激しい折檻《せっかん》を加えることはなかった。

だが徳松が魚河岸に見習いに出ようかという頃になると、

「これからは一人前だ。手加減はしねえぞ……」

などと言って、気に入らないことがあると容赦なく殴りとばすようになった。

徳松はそれに堪《た》えたが、

「徳松には手をあげないでおくれ……！」

と縋《すが》るおときがその度に蹴られたり踏まれたりするのを見ていられなかった。

こんな男とどうして一緒にいるのだ、離れられないのだという母親へのやり切れない想《おも》いと、自分を庇《かば》う親の愛情が相俟《あいま》って徳松は堪《たま》らなくなるのだ。

そのうちに、徳松の様子を知って哀れに思った西応寺町の長屋の大家が間に入って、徳松はかつて生みの親である徳二郎と共に暮らした長屋へ単身戻ることになった。

まだ若年ながらも、徳松は棒手振の前栽売りなら務まるだけの体になっていた。

恒三は別段それを拒みも引き留めもしなかった。厄介払いは出来るし、大家の方で棒手振の体裁を調えてくれるなら、この先魚河岸に連れて行くこともいらないし、せいせいするというものだ。

おときはというと、相変わらずおろおろとするばかりであったが、

「ここから出て行ったからといっても、西応寺はすぐ近くだ。たまにはおっ母《か》さんの顔を見に来るからよう」

徳松はそう言って母親を慰め、さすがにこの時ばかりは涙にくれたという。

「それからもう二年近くにもなりますです。その間、おれは棒手振の合間にそっとお

っ母さんの様子を見に行ってやりましたが、恒三の親父は相変わらずで、おっ母さんはいつも顔を腫《は》らしているのです……」

「そいつは許せぬ親父だな。女に手をあげるとは男の風上にも置けぬ……」

話を聞くうちに、心優しい新吾はだんだんと腹が立ってきた。

「それでおれは一度、恒三に向かって、いい加減にしろと言ってやった……。だが、お前は家から出て行きやがったんだ。差し出た口を利くんじゃねえ、二度と来るなと殴られました」

徳松は悔しさを体中に滲《にじ》ませて声を震わせた。

「恒三という親父はなかなか強いのだな」

「へい、悔しいが強い、おれなんぞはまるで歯が立たねえ……」

文句があるならいつでも来やがれ、相手になってやると鼻であしらわれて、徳松は泣く泣く引き下がったという。

「お武家様ァ、どうかおれに武芸とやらを教えておくんなさい……。銭といってもこれくれえしか持ち合せちゃあおりませんが、家へ帰ればもう少しは何とかなりますんで、頼みます。お頼みします。おれはあのくそ親父を思い知らせてやりてえんですよう……」

徳松は百文ばかりの銭を掲げて何度も何度も新吾に頭を下げたという。

「それで新吾、お前は何と答えたんだ」

竜蔵は徳松の心根がいじらしくて、既に何とかしてやりたいと思っている。

「はい。徳松を哀れには思いましたが、わたし自身が修行中の身です。弟子にしてやるとは言えません。とにかく先生に相談をしてみるから、明後日に三田二丁目にある峡先生の道場へ訪ねてくるようにと申しました」

「なるほど、そいつは好い分別だ。なあ、庄さん……」

「はい、新殿も思慮深くなったものだ。それでよろしい」

庄太夫は、情に流されずにきっちりと師である竜蔵の判断を仰いだ新吾の深慮を手放しで誉《ほ》めて、

「とにかく先生、その徳松に肩入れをしてやりたいものでございまするな」

と、竜蔵に取りなすように言った。

「ああまったくだ。明日、徳松が道場に来れば、新吾、お前の喧嘩の弟子にしてやれ」

竜蔵はにこやかに新吾を見て頷いた。

「わたしの喧嘩の弟子に……」

新吾は目を丸くした。

「お前がまだ人に剣術を教えるわけにはいくまい」

「でも、喧嘩とはいえ、わたしなどが弟子を取るなどと……」

「いいも悪いも、徳松はお前を頼っているんじゃねえか。こういう時は男としてその、何だ……」

「義を見てせざるは勇無きなり……。先生はそう仰《おっ》しゃりたいのだ」

庄太夫が補足した。

「そう、その通りだ」

竜蔵は満足そうに頷いた。

「とはいえ、先生、新殿とて修行中の身でございますれば、喧嘩指南にばかり手を取られてもいられますまい」

庄太夫は続けた。

「それもそうだな。日切を決めておこうか」

「それがよろしいかと」

「そんなら一月の間にしよう。それだけ教えてやればお前の男としての顔も立とうってもんだ」

「畏まりました……」

新吾の表情にも笑みが浮かんだ。

「銭など一銭も取ってやるな」

「元よりそのつもりでございます」

「うむ、それで好い。それと一つだけ言っておく」

「はい」

「こいつは徳松の喧嘩だ。お前の喧嘩じゃあねえ。くれぐれもお前が腹を立てて無茶をすることがねえようにな」

「はい、肝に銘じておきます……」

新吾は爽《さわ》やかに言い切った。

「さてさて、鍋の続きと参りましょうか……」

庄太夫は笑いを押し殺して鍋に太目のうどんを入れた。

お前が腹を立てて無茶をすることがねえようにな――。

こんな言葉で弟子に注意を与えるようになったとは、峡竜蔵も変われば変わるものだと、一回り以上も歳上《としうえ》の弟子として彼を見続けてきた庄太夫にはおかしかったのである。

「おう、こいつはうまそうだな……」

竜蔵は鍋の中で濃厚な出し汁を吸い込んでいくうどんを嬉しそうに眺めた。

――余り分別くさくはなってもらいたくないものだが。

何といっても屈託の無さ、直情径行が峡竜蔵の魅力なのであるから――。

そんなことを思いながら、新吾と共に庄太夫もまた鍋の中を覗き込んだ。

うどんをあげた後は残った汁に冷や飯を入れて、おろし生姜《しょうが》を加え生卵を落とし雑《ぞう》炊《すい》にするのである。

三

居酒屋〝ごんた〟での会合の翌朝。

徳松は口から胃の腑《ふ》が出てくるのではないかというほどに緊張の面持ちで峡道場にやって来た。

「こ、これは、大《おお》先生で……。おれは、いや、あっしは、その、徳松と申しまして、その、神森先生にその、弟子入りを頼みまして、その……」

峡竜蔵の前に出ると、かわいそうなほどに道場の床に頭をすりつけて畏まった。

無理もない。まだ十五の徳松の目から見ると、三十歳となり剣客としての凄味《すごみ》が体中から発散されている竜蔵の姿は、歯が立たない義父・恒三など比べものにならないくらいに恐ろしく見えたのである。

「うむ、そうか、よしよし、そうしゃちこばることもねえやな。お前はおれに弟子入りするわけじゃあねえ。神森新吾に喧嘩が強くなるよう教わりに来たんだろう」

竜蔵は親しみ易《やす》い口調で、緊張を解いてやろうと声をかけてやった。

「へ、へい……。そうです……」

「そんなら新吾の言うことをようく聞いて励むがいいや」

「へ、へい……。おありがとうございます……」

「だがな、新吾も修行中だし、お前も商売を放《ほ》ったらかして喧嘩の修行に明け暮れていられねえ」

「へい……。ごもっともで……」

「修行は一月の間だけだ」

「へい……」

「それで返り討ちに遭ったらどうする?」

「教えてくんなさったことを思い出して、またぶちのめしに行ってやりますです」

「よし、その気持ちが大事だ。新吾からお前の身の上は聞いた。男の意地だ。その頭にくるクソ親父をぶちのめしてやれ！」

「へい！」

竜蔵に鼓舞されて徳松はすっかりその気になった。

「新吾、お前の思うように教えてやるがいい」

「はッ！」

新吾も気合いが入った。

竜蔵は若者の気を昂揚《こうよう》させる不思議な迫力を持っている。

道場の隅でこれを見つめる竹中庄太夫の顔が綻《ほころ》んだ。

次の日から徳松は棒手振の仕事を終えると道場にやって来て、神森新吾の指導を受けた。

〝直心影《じきしんかげ》流峡派〟には、竜蔵が喧嘩の中から編み出した拳法《けんぽう》の型がある。

これは時折竜蔵が道場で体馴らしに喧嘩殺法を一人で考えて、体を動かしていたのを、竹中庄太夫があれこれ理屈と順序を組み立てて拳法型としたもので、その一撃一撃が理に適《かな》っていた。

新吾は道場の片隅でこれを何度も何度も徳松に繰り返させた。

徳松は喧嘩自慢の恒三を叩き伏せてやりたいと豪語する割には、どうも身のこなしがぎこちない。

お世辞にも武芸の筋が好いとは言い難い。

少しばかり苛々《いらいら》としながらも、新吾は根気よく型が自分の体の一部となるまではと、相手を務めてやり、ひとつひとつ技の理を説いた。

「新吾の奴、なかなかやるじゃあねえか……」

新吾が徳松を教えている間、津川壮介、北原平馬の相手をしてやりつつ、竜蔵は横目でその教えぶりを見てほくそ笑んだ。

しかし、やはり愛弟子《まなでし》のことが気にかかって仕方が無い。

自分は何も口出しはしないと言いながらも、ああすればいいのではないか、こうすればいいのではないかと思われてそわそわするのであった。

峡道場もやがて大きくなれば、竜蔵自らが一人一人を懇切丁寧に教えていくことも出来ぬであろう。

弟子が師範代としてさらに年若の弟子を教えていくことになる。

「先生、その時に備えて、この度は新殿を見守りながら、折を見て助言をなされる稽古となされるがようございましょう」

軍師の竹中庄太夫は竜蔵にそう言った。

弟子に稽古をつけるのは易いが、弟子が弟子に稽古をつけるのを指南するのは難しい。しかしそれを経ねば道場は大きくならないと庄太夫は思っている。

たかだか二人の新弟子が入門したことでそんな先のことを考えるのは馬鹿げているが、庄太夫は至って真剣なのである。

弟子が弟子に稽古をつけるのを指南する――。

それはどうすれば好いのか。

「おい新吾、そうじゃねえだろ。これはこんな風に打ちゃあ好いんだよ」

などと言いたいことも多々あるのだが、それをしてはいけないこともわかる。

どうも落ち着かぬ竜蔵は、徳松が通うようになって五日目に、昼から道場を新吾に預けて庄太夫を伴い本所出村町に中原大樹を訪ねた。

竜蔵は何か心に引っかかることがあると、さりげない助言を与えてくれるこの国学者である祖父の声を聞きたくなる。

今、大樹が開く学問所には、これを手伝う母・志津《しづ》の他に、森原綾に加えて、庄太夫の娘・緑《みどり》も寄宿していた。

たまには娘の顔を見に行くようにと、竜蔵は庄太夫にそのきっかけを作ってやってもいるのだ。

大樹はかわいくて堪《たま》らぬ孫の竜蔵のおとないを大いに喜び、神森新吾の一件を聞き終えると、

「竜蔵も弟子の指南をさらに気にかけるようになったか……」

目を細めたものだ。

「まず神森新吾が何にしろ、人にものを教えることは好《よ》いことじゃ。人に教えることで自分の悪い所が見えてくる。それは竜蔵とて同じことであろう」

「いかにも、仰しゃる通りで……」

「さらに、ただ喧嘩に強くなることだけを求めてはならぬぞ」

「と、申されますと？」

「母親に手をかける破落戸を叩き伏せてやりたい……。その気持ちはわからぬではないが、生さぬ仲でも相手は父親じゃ」

「はい、しかし恒三はとんでもない男だと、目明かしの半次親分も言っておりました。

徳松の肩を持ってやりとうございます」

「そのことは好い。この爺《じじい》も竜蔵と同じ想いじゃ。じゃがのう、十五くらいの若い者が喧嘩ばかりが強くなったとて、世間もこれを素直に喜ぶまい」

「それは……いかにも左様で。徳松も調子にのるやもしれませんな」

「喧嘩に強くなるのと同じだけ、人として立派なものを備えねば、ただの乱暴者となるではないか」

「いささか耳が痛うござりまする……」

頭を掻く竜蔵を大樹は美しく咲いた花を愛《め》でるような目で見て頰笑んだ。

「喧嘩の稽古は進んでおるのかな」

「はい、それはもう……」

徳松は新吾の指南を受けると夢中になり始めて、昨日は商売を休んで、新吾が竜蔵に稽古をつけてもらっている間は道場の隅で、一人黙々と拳法の型を繰り返していた。

「それはいかぬぞ」

「いけませぬか」

「一月と日を切っているからとて、本分を疎《おろそ》かにしてはならぬ。まず一日の仕事を済ませてから道場に来させねばなるまい」

「畏まりました。人として立派なものを備えるというのは、そのことでござりまするな」

大樹は大きく頷いた。

竹中庄太夫は竜蔵の後でじっとこれを聞いている。

自身も徳松に肩入れしてやりましょうと、新吾が徳松を教えることでまた一回り成長することを望んで竜蔵に進言したが、確かに十五の若者に喧嘩ばかりを教えて何とする——大樹の言葉の重みに己が浅慮を恥じたのである。

話していると、久しぶりの息子の来訪に、志津が手料理を携えて大樹の居室にやって来た。これを綾と緑が手伝った。

緑はこの学問所がある中原大樹の屋敷から、深川西町の私塾へ和算を習いに通っているのだが、今日は父・庄太夫が峡竜蔵の供をして来ると聞いて早々と戻っていた。

気丈で頭の回転が速く、多弁で賑《にぎ》やかな志津に、綾も緑もすっかりと感化されてしまったのか、三人の女達が入って来ると真に喧《かまびす》しい。

「神森様がお若い人に武芸指南を……。その前栽売り殿はきっと強くなられるに違いありませんわ」

緑は以前、深川の新高橋《しんたかばし》で破落戸三人を圧倒的な強さで叩き伏せた神森新吾を目の前で見ているだけに、大の神森新吾贔屓である。

話を聞くや黄色い声をあげた。

「でも、わたくしはどうも徳松殿の母親なる人の気持ちがわかりません」

綾はというと、おときが恒三のような男に惹かれ、自分はおろか息子にまで乱暴を働くような正体を現したというのに、未《いま》だに恒三の女房でいて、徳松一人を追い出したことに腹を立てた。

「いくら幼な子を抱えて路頭に迷っていたとはいえ、母子共々身を預けて将来を託そうと思う相手なら、もう少し落ち着いて人となりを見極めるべきだと思います。ましてや、自分がお腹《なか》を痛めて生んだ息子が、悔しい思いをさせられているのです。息子が出て行くなら一緒に出て行くという気構えがないものなのでしょうか」

と手厳しい。

「それはまったく、左様にございますね……」

緑は新吾に弟子が出来たことに気を取られて、本質に目を向けていなかったことを恥じて、綾にもっともなことだと賛同した。

「男と女の間には理屈で割り切れぬものがあるのですよ」

これを志津が窘《たしな》めた。

「割り切れぬもの……？」

そんな言葉だけでは納得がいかぬ綾であったが、

「つまり、女というのは、おぬし達三人のように強い女ばかりではないということじゃよ」

大樹がニヤリとして口を挟んだ。

「わたくしは強うございますかねえ……」

志津は苦笑いを浮かべた。

「白黒をはっきりとつけたがり、夫婦別れをしてまで己が想いを通す女が弱いと言えるか？」

この言葉には志津も黙るしかない。

「この世には誰かに縋《すが》っておらぬと生きていけぬ女の方がはるかに多い」

「ふ、ふ……、その方が幸せなのかもしれませぬな……」

思わず庄太夫は呟《つぶや》いた。

のろまな夫であった自分を書家にしようとして為《な》せず、しからば娘の緑を和算家にせんと、緑を連れて上方へ行った亡妻・松栄《まつえ》のことを思い出したのである。

気位が高く、これを充《み》たさんとするために豊かな行動力を駆使した松栄であったが、それがかえって彼女の寿命を縮めることになったのではなかったかと、今となっては思われる。

「うむ……、竹中殿が申される通りじゃ」

大樹はしみじみとして言った。

「おときという女も、出来ることなら初めの亭主に縋って生きて、歳を取った後は倅《せがれ》に縋って生きる……。そんな暮らしを送りたかったのであろう」

「徳松について行けば、まだ十五の倅に大きな重荷を背負わせることになる……。そんな想いもあるのでござりましょう」

庄太夫の言葉に女三人は納得の表情を浮かべた。

「竹中殿は会う度に趣きが深くなって参られるの……」

大樹は庄太夫を見て、ふっと笑った。

孫である竜蔵もここ数年で大いに成長したが、それ以上に竹中庄太夫の物の見方や判断には老成の感がある。

竜蔵がおれの軍師でござると初めて連れてきた時は、ただの貧相な四十男にしか見えなかったが、見違えるほどだと大樹は今日改めて思ったのである。

庄太夫はかねがね尊敬の念を抱いていたこの国学者から娘の前でそんな言葉をもらって、顔を真っ赤にして恐縮した。

庄太夫が誉められると竜蔵は堪らなく嬉しい。自《おの》ずと口舌も滑らかになり、

「母上といい、綾坊も緑も、男に縋って生きていける女に生まれてくりゃあもっと楽

に暮らせるものを、まったく御愁傷さまだったな。は、は、はッ、はッ……」

と豪快に笑いとばして、女三人を呆《あき》れさせた。

「ははッ、これはよい」

大樹もつられて笑って、

「とにかく竜蔵、喧嘩だけではなく、徳松の心も、な」

と、愛孫に念を押した。

「よくわかりました。やはり先生をお訪ねしてよろしゅうござった」

「それと、神森新吾はお前にますます似てきたという。くれぐれも彼《か》の者が癇癪《かんしゃく》を起して無茶なことをせぬように、見守ってやるがよろしい」

「はい。無茶をせぬように、かっかとせぬように……。それが気になります。うーむ、それだけが案じられまする。新吾は歴《れっき》とした直参《じきさん》の跡取り息子ですからな。この竜蔵のように気軽な身ではござりませぬゆえに……」

四

「おっ母さん、達者にしているかい……」

「徳松かい、お前、よく来てくれたね。まあ上がってお茶でも飲んでおゆきよ……」

「いや、顔を見りゃあそれで好いよ。商売もんだが大根を二つ置いていくよ」

「すまないねえ。とにかく今お茶をいれるから……」

「いいよう。うだうだとしているうちに、あの野郎が戻ってきたら業腹《ごうはら》だ」

「そうだね……。お前には辛い想いばかりさせてすまないと思っているよ。でも、あの野郎なんて言わないでおくれよ……」

おときは訪ねて来てくれた息子に哀《かな》しそうな顔を向けた。

入横町の長屋を徳松は時折そっと訪ねてくれるのだが、言葉を交すと仕舞には必ずこんなやりとりになる。

徳松が亭主の恒三を恨む気持ちはわかるが、おときも二度目に嫁いだ相手とは何が何でも添いとげてみせるという想いがあるから辛いのである。

今は恒三も魚河岸へ出かけていることだし、せめて息子に手ずから茶をいれて飲ましてやりたいところなのだが、

「いいよ、おれはすぐに出かけねえといけねえんだ」

と、今日は特に頑《かたく》なである。

「出かけないといけないって、お前、棒手振の籠《かご》の方はからっぽじゃないか。今日の分はもう売り切ってしまったんだろう」

まだ日の暮れには少し間があるというのによく働くことだと、おときは大きくなった息子を頼もしそうに見た。

「早えこと商売を終らせたのは、他にやりてえことがあるからさ」

「何だい、そのやりたいことってのは？」

「ちょっと、習い事をな……」

「習い事？　お前がいったい何を習っているというのだい」

「心と体を鍛えているのさ」

「そんな難しい言葉をいつ覚えたんだい」

「いちいち訊ねなくても、そのうちにわかるよ。まだ今は修行中の身なんで、誰にも言われねえんだよ」

「ああ、そうか……。わかったよ」

「わかった？」

「お前、お百度参りを続けているんだね」

「ふッ、ふッ、まあそんなところさ。また来るよ。おっ母さんの顔が腫れてねえでよかったよ」

「徳松、お前はそれを確かめに来たのかい」

「腫れていたら、あの野郎をぶん殴ってやるつもりで来たのさ」

「よしておくれよ。そんなことをして、お前が怪我をすれば大変だよ」

おときはやり切れぬ表情を浮かべ、またいつものようにおろおろして、

「心配はいらないよ。おっ母さんは大丈夫だから……」

「大丈夫じゃねえよ。おれはいつか腕ずくでおっ母さんを取りに来るからな」

「徳松、そう言ってくれるのは嬉しいが、無茶なことはよしておくれ。お前殺されるよ」

「あんな野郎に殺されるもんか。おっ母さんだって、あんな野郎にもうすっかり愛想が尽きただろう」

徳松は、息子の言葉に涙ぐみつつ未だに恒三から離れないおときに苛々しながら言った。

「夫婦ってものはねえ、そうた易く愛想を尽かしちゃあいけないものなんだよ……」

おときはまた涙を一滴膝《ひざ》に落した。

殴られても蹴られても、倅が追い出されても、夫婦の縁は守らなければいけないのか――。

徳松はそう言ってやりたかったが、悲しむ母の姿を前にして、言葉を呑《の》みこんだ。

「とにかく、また顔を見にくらあ……」

徳松は仏頂面で応《こた》えると、腰を下ろしていた出入り口の上がり框《がまち》から立ち上がった。

「お前、ほんの少し見ない間に、何やら大人になったねえ」

おときは徳松の姿を見上げると、惚れ惚れとして言った。

「そうかい……」

はにかむ表情もまた見違えるほど男らしくおときには映った。

それもそのはずである。

喧嘩修行に夢中になる徳松に、

「おれはお前を強くしようと思ってはいるが、お前を破落戸《ならずもの》にするつもりはない」

彼の師である神森新吾は厳しく言った。

破落戸とは真っ当に働かずに乱暴ばかりを働く者のことである。

それゆえに、道場へ来たいのなら、まず己が生業の前栽売りを済ませてから来るようにと約束させられたのである。

つまり、早く売り切ってしまえば、それだけ長く稽古に励めるということになる。

それによって徳松は、今までの商売に対する姿勢も改めた。

ただ何となく荷を担いで売り歩くのではなく、自分から愛想好く長屋の女房達や、道行く人に声をかけてみろと新吾は言った。

それに従って声をかけてみるとまず誰もが相手にしてくれる。その際、にこやかにして、

「苦労しているお袋をおれが引き取ってやろうと思いましてね……」

などと、素直に胸中をぶつけると、自分の年格好を見て、感心な奴だと買ってくれる人が思った以上に増えた。

客と話をするうちに、今までは売るだけであった野菜が買われた先でどのように料理されているかも知るようになる。

そしてその料理法を数多く調べて、売り文句に混えたところ、また買ってくれる客が増えた。

若造ながらも、喧嘩修行をしたい一心で知恵を絞れば、仕事の成果が劇的に上がることに気がついた。

行商の際は出来るだけ声をかけてみろ。しかもにこやかに、自分の夢を語って――。

そう言ってやるように神森新吾に助言したのは竹中庄太夫であった。

「先生、お蔭《かげ》で短い間に野菜が売れるようになったです……」

一月たてば修行も終わるが、その後は今までよりも倍の商売が出来るようになるは

ずだと喜ぶ徳松を見て、新吾もまた市井に生きる者達のことがわかるようになった。

新吾、徳松師弟はそれぞれ成長を遂げているわけであるが、毎日、恐しい気迫で鬼のように強い峡竜蔵に稽古をつけてもらう新吾の様子に触れていると、徳松は、何かに夢中になる若い男が持つ独特の目の輝きを備えるようになっていた。

そして、商いでの成果は徳松に大人の落ち着きを与え、十五の若者を随分としっかりさせたのである。

この姿を見て、母親のおときが驚かぬはずはなかったのだ。

大人になったと母親に言われ、徳松ははにかみながらもその気になって、

「だから、心と体を鍛えていると言っただろう。また来らあ」

そう言い置いて、少しばかり格好を決めて長屋を出た。

「お百度参りというのは御利益《ごりやく》があるんだねえ……」

おときは息子の後姿を見ながら天に向かって手を合せた。

だが、

「心と体を鍛えているのさ」

ということが〝お百度参り〟などでないことは、男の恒三にはすぐにわかる。

「ありゃあ徳松の野郎じゃねえか……」

魚河岸へ向かうある日の道すがら、恒三は行商をしている徳松の姿を見かけて思わず足を止めた。

少し見ぬ間に面構えが〝生意気〟になったのである。しかも以前自分に向かってきた時の生意気とは、また種類が違うのだ。

その時は先を急いでいたこともあり、

「ヘッ、今度また足腰立たなくしてやるぜ……」

と捨て置いたのだが、少し前に徳松が若い侍二人に頭を下げて何やら頼み込んでいるところを見たという若い衆がいて、恒三に注進したものだから、

「あの野郎、何か企んでやがるんじゃねえか……」

と、恒三も気にしだした。

そんな時にちょっとした衝突が起きた。

その時の若い武士が魚河岸をうろついているというのだ。

若い武士が神森新吾であることは言うまでもない。

新吾は徳松が憎しみを抱いている継父・恒三を自分の目で見ておきたく、芝浦の魚市が始まる頃を見計って、道場へ入る前にそっと雑魚場へと出かけたのであった。

しかし、勇み肌の若い衆達が、

「おう、どきやがれ！」

「どけえ目をつけていやがるんだ馬鹿野郎！」

「ぐずぐずしてやがると踏み殺すぞ！」

などと喧嘩腰で怒鳴り合う鉄火場のような風景がここの日常である。

新吾のような若侍は場違いで特に目立つ。

恒三が働いているという〝福島屋《ふくしまや》〟をそっと窺《うかが》うどころか、恒三の乾分《こぶん》達にしっかりと見られていたというわけだ。

芝の暴れ者の漁師であったという浜の清兵衛に話を通しておけば、あれこれ波風も立たなかったのかもしれないが、そこは新吾も貧乏御家人の息子とはいえ、武家育ちで世間を知らない。

建ち並ぶ店の裏手へと足を踏み入れた時――。

「おれが雑魚場の恒三だ。何か用かい……」

新吾の前に恒三が立ちはだかった。

恒三の周りにはいかにも血の気の多そうな若い衆が集っていて、新吾を睨《にら》みつけている。

その中には、先日商家の手代に乱暴を働いていた三人組もいた。

「て、手前はあん時の三一！」

兄貴格の一人が思わず叫び声をあげた。

――まずいことになった。

新吾は心の内で舌打ちしながらも、

「また会ったな……」

と、にこやかに笑いかけた。

しかし、この三人組がいたことで、恒三達は新吾がなかなかに腕が立つことを知ることにもなり、いきなり喧嘩を仕掛けてくるようなことがなかったのは幸いであった。

恒三はそれなりに喧嘩に自信はあったし、相手を見る目もある。

若造ではあるが若い衆三人を叩き伏せただけのことはある。魚河岸で荒くれ共に囲まれてなお平静でいられるこの武士は、引き締った体つきといい、侮れないものがあると新吾を見て思った。

それでもたかが一人の若侍相手に引いてはいられない、腰の物など抜きやがったら鮪《まぐろ》を捌く大包丁で真っ二つにしてやらあという性根は据っている。

「そうかい、お前か、うちの若えのをかわいがってくれた若造の三一ってえのは」

と、新吾に罵声《ばせい》を浴びせた。

新吾は師の峡竜蔵の喧嘩を何度も横で見ている。こういう時の返しも心得ている。

「かわいがった？　まあ、そんなところだな。礼のひとつも言ってもらいたいものだ」

「何だと！」

「そこの三人が商家の手代に難癖をつけて痛めつけていたから、役人が来る前に止めてやったというわけだ」

「ふん、お前が通りかからなきゃあ、こいつらは役人の世話になっていたと言いてえのか」

「ああそうだ。そうなればおれにひとつや二つ殴られたくらいではすまなかったはずだ」

「ふん、ものも言いようだ。で、その親切な若造の三一がおれに何の用があるってえんだ」

「用がなけりゃあ魚河岸に来ちゃいけないかい」

「徳松に頼まれておれをかわいがりに来やがったか」

「徳松？」

「前栽売りの棒手振だよう」

「ああ、あれはおぬしの知り人であったか……」

「しらばっくれるんじゃねえや！　おう、何を話してやがったんだ」

「ちょっと道を訊《き》かれただけだ」

「なめたこと吐《ぬ》かしやがると、出刃で切り刻んで、あらと一緒に猫に食わすぞ！」

恒三は懐の出刃を右手に持って、新吾の鼻先につきつけると、新吾の頬《ほお》を包丁の腹でぴしゃぴしゃと叩いた。

臆《おく》せずさせるがままにしていた新吾であったが、さすがに怒りでこめかみがピクリと動いた。

「何でえ三一、怒りやがったか」

恒三は挑発をやめなかったが、

――これは徳松の喧嘩だ。おれの喧嘩ではない。

くれぐれもカッと頭に血を昇らせて、無茶なことをするんじゃないと、竜蔵から言われていた新吾であった。

教える限りは徳松の敵の様子を見ておこうと思って来たものの、

――余計なことをした。

と、新吾は悔いた。

「いや、ほんとうに何も頼まれたわけではないのだ。今日はただ魚を求めに来ただけだ……」

新吾は穏やかに答えた。

「そうかい……」

恒三は新吾に戦う意志の無いことを確信したか包丁を収めて、

「そんなら早く帰んな。この雑魚場にはお前に売る魚は置いてねえや……」

と嘲《あざけ》りの笑いを投げかけながら去っていった。

「おのれ……、必ず徳松がお前をぶちのめすから待っていろ……」

新吾は遠ざかる恒三の後姿を睨みつけ低い唸《うな》り声を発した。

「うーむ、新さんは大したもんだ……」

新吾のその姿を先ほどから魚市の片隅からそっと見ている男がいた。

目明かし・網結の半次である。

今日は道場へ入るのが少しばかり遅くなりますと、昨日道場で新吾が申し出たのを、きっとこのようなことになるに違いないと見てとった竜蔵が、半次に新吾の様子を見てくれるよう頼んだのである。

「物見に行くのは好いが、物見が敵の大将首を取っちまうようなことがねえようにな」

竜蔵はそれを案じていたが、新吾は師の不安を払拭《ふっしょく》する辛抱強さで、恒三の悪口雑《あっこうぞう》言《ごん》をかわした。

「先生は好いお弟子を育てられたぜ……」

いざともなれば、うまく収めに入ろうと思っていた半次であったが、それでは新吾の決りも悪かろう。

ひとまずは胸を撫《な》で下ろし、半次は魚河岸を後にした。

五

それから——。

神森新吾が魚河岸に足を運んだことも、徳松が時折母親のおときを入横町の長屋に訪ねていることも、互いに口に出すことなく、若き師弟は峡道場の片隅で稽古に励んだ。

「好いか、喧嘩に強いも弱いも無い。お前も相手も同じ人だ。技といっても手を動かすか足を動かすか、頭で突きを喰らわすかしか無いのはお互い様だ。大事なのは身のこなしと度胸だ！」

新吾は竹中庄太夫考案の、壊れた剣術防具の籠手《こて》を改良した拳法用の籠手を拳《こぶし》に装着し、徳松と実践で殴り合いをしてやった。

まるで歯が立たない徳松を見て、

「どれ、もう少し体を回りこませた方がよろしい」

と、庄太夫も稽古に参加して徳松の相手をしたが、見事に一発を胴に喰らい、

「たまには打たれて自信をつけさせてやらぬとな……」

などととぼけて見せたり、万事和やかな中で徳松の喧嘩修行は続いた。

見守る竜蔵は網結の半次から、魚河岸での新吾の様子を聞かされ、笑顔が絶えなかった。

津川壮介、北原平馬の二人にもこれを機会に拳法を教え、刀を打ち落とされた時や、咄嗟《とっさ》の格闘における心得を説き、徳松に見せたものだから、徳松の体の切れはたちまち好くなった。

網結の半次はというと、入横町の長屋の様子にも目を光らせて、雑魚場の恒三の動きを捉え続けていた。

結束の固い峡道場は、一丸となって神森新吾の義俠《ぎきょう》を称《たた》え、それぞれの立場から助けようとしていたのである。

そして、一月の稽古期間が終らぬうちに、徳松の戦いの日はやってきた。

出来ることなら恒三とおときの夫婦仲も穏やかなものとなり、そこから徳松との関《かかわ》

り合いも好転してくれたらと思った峡竜蔵であったが、恒三の荒くれぶりはそうた易く直らなかったのである。

徳松の指南を神森新吾が始めて二十日ほどたったある日のこと。

徳松は久しぶりにおときの様子を窺いに入横町の長屋を訪ねた。

「おっ母さんいるかい……」

家の内を覗くと、おときは慌てたように居住まいを正して、うつ向き加減で、

「徳松かい。すまないねえ。これからちょっとお客が来るんだよ。あの人も帰ってくるから、今日のところは帰っておくれ……」

と、応えた。

その声音によそよそしさを覚えた徳松は、構わず家の中へと入っておときの顔を覗きこんだ。

「おっ母さん……」

「見ないでおくれ……」

抗《あらが》うおときの声は涙に濡《ぬ》れていた。そしてその顔には一目見てわかる折檻の跡が残っていた。

「またあの野郎に殴られたんだな……」

「違うんだよ。表で足を滑らせて顔を打っただけなんだよ」

おときはお化けのように腫らした左の頬を片手で押さえ懸命に言い繕ったが、いくら十五の若造でも哀しい女の嘘《うそ》は見抜くことができた。

「あの野郎……。今日という今日は許せねえ……」

徳松は腹を決めた。何が何でも恒三に話をつけて、おときをここから連れ帰るとおときに宣言したのである。

「いけないよ！」

おときはそれだけは止《や》めてくれと徳松に泣いて頼んだ。

「今日は必ず若い人を引き連れて帰ってくるに決っているんだ」

恒三は気に入らないことがあるとすぐにおときを殴りつけるが、元はといえば連れ子があるのを承知で女房に望んだほどに、どこか頼りなげで、ふっくらとした顔が男心をくすぐるこの女に心の底では惚れている。

それゆえに、殴りつけたその日は恒三なりに決りが悪いのであろう。

「おう、皆、上がっていってくんな……」

とばかりに賑やかに帰って来るのが常なのだ。

そんなところで話をつけようものなら、恒三も若い衆の手前引っ込みがつかなくなって、徳松に何をするかわからない。

おときはそれを案ずるのだ。

「お願いだから今日のところは黙って帰っておくれ、あの人もあたしをぶったことを、心の底では悔やんでいるのだよ……」

その言葉を何度聞いたことか――。

徳松は叫びたい想いを堪えて、

「わかったよ……。とにかく帰るよ……」

振り絞るような声で言った。

「そうしてくれるかい」

おときはほっとして喜びの声をあげたが、徳松は了見したわけではなかった。

一旦《いったん》長屋を出て、恒三が戻る頃にもう一度出直してくるつもりであった。

若い衆を連れて帰ってこようがどうでもよいことだ。今日のけりは今日つけねば気が済まなかった。

その上に、恒三と決着をつける時はその場の怒りに任さず、必ず声をかけていくようにと、神森新吾から念を押されているのだ。

徳松は、大したことはない、自分にもいけない所があったのだと、くどくどと言いながら見送るおときに、ただ無言で頷き返して長屋を後にした。

向かう所は峡道場である。

道場では峡竜蔵が神森新吾に稽古をつけていたが、徳松が来たのを認めると互いに防具を外し、竜蔵は新吾に徳松の傍《そば》へ行ってやるようにと促した。

実はこの時、峡道場には網結の半次の働きによって、今朝入横町の長屋で、恒三が出がけに厳しくおときを折檻していたという情報がもたらされていた。

半次は同じ長屋に住む小間物屋を手なずけ、恒三がおときに手をあげるようなことがあれば、半次が女房にさせている浜松町《はままつ》四丁目にある煙草《タバコ》屋に報《しら》せに来るよう段取りをつけてあった。

小間物屋の話では、どうやら昨夜、酔って帰ってきた恒三が、自分の留守中に徳松がおときの様子を見に来ていたことを知って腹を立て、

「お前は徳松としめし合せて、ここから出て行こうと思ってやがるんだな」

と、激昂しておときを殴りつけたようだ。

恒三は相変わらず、連れ子を育ててやろうとしたのに、生意気を言い募り勝手に出て行きやがったと徳松のことを疎んでいたのである。

「ようし、おれが西応寺の長屋へ乗り込んで、あのガキと話をつけてやらあ！」

そう言って怒鳴り散らす恒三を何とかおときが宥《なだ》めて、その夜の騒動は終ったらしいが、もしやこれは今日になって、徳松が恒三に決闘を挑む公算が大きいのではないかと半次は見ていたのである。

徳松は新吾の前に手を突いた。

あらかじめ半次から耳打ちされていた新吾はついにこの時がきたかと察し、落ち着いた表情で徳松を見つめた。

「徳松、ついにやるか」

「へい、さすがは先生、あっしが何を言おうとしているかなんざ、お見通しなのでございますね」

「どうしても恒三を許されぬか」

「前から許してはおりませんです」

「返り討ちにあったらどうする」

「そん時は、先生が教えてくださった喧嘩の技をもういっぺん手前でさらえて、またおっ母さんを取り返しに行きますです」

「お前はほんとうに、お袋殿のことが好きなのだな」

新吾はしみじみとして言った。

一月に充たぬ師弟の間であるが、徳松が自分にとってかけがえの無い存在のように思えてきて胸が熱くなったのだ。

「恥ずかしいです……。恥ずかしいです先生、あんな馬鹿野郎に惚れちまったおっ母さんなど放っておけばいいかもしれねえ……。だが、あっしはやはりおっ母さんをこのままにしておけねえのです。あっしにはただ一人のおっ母さんなのです……」

新吾の情が伝わったのであろう。

徳松は目に涙を浮かべながら訥々《とつとつ》と思いの丈を口にした。

「よし、まだ日の暮れにはいささか間があるが、最早稽古はせぬ」

「何もしねえので……」

「下手に稽古をして怪我でもしたらどうする。お前には一月と日を決めて教えることにしたが、もう教えることは何も無い」

「へえ……」

「思いっ切りぶちのめしてやるが好い」

「へい！」

徳松は深々と頭を下げると、竜蔵をはじめ庄太夫、半次らに礼をして、峡道場を出た。

「先生……」

今度は新吾が、峡竜蔵の前に手を突いた。

「そっと見届けてやりとうございます」

「よし、行ってやれ……」

竜蔵はしっかりと頷いた。

「だが言っておくぞ、こいつは徳松の喧嘩だ。恒三もまさか徳松を殺しはしまい。くれぐれも見るに見かねて子供の喧嘩に親が出るような真似はするな」

「はい、致しませぬ」

「おれは幸いにも、弟子が痛めつけられるところを目にしたことはないが、身を引き裂かれるような想いであることはわかる。頭に血が昇るだろう。だが、そこは堪えろ。よいな……」

「畏まりました……」

師として弟子に道理を説く時の峡竜蔵は何と立派になったことか——。

竹中庄太夫は神妙に頷いた。

それでいて、徳松を見守る新吾の苦痛を我が事のように案じる、竜蔵ならではの情の厚さが伝わってきて、真に頬笑ましい。

「では行って参ります」

新吾は道場を出た。

その際振り返りざまに、

「先生、徳松相手に師範の真似事を致しまして、今つくづくと神森新吾は、先生の弟子にして頂き、ありがたいと思うておりまする」

晴れやかな顔で竜蔵に謡うように言ったものだ。

「何を改まってやがるんだ……」

照れることしきりの竜蔵は、庄太夫と半次に頬笑みながら落ち着きなく何度も首を縦に振った――。

六

おときが徳松に予想した通り、入横町の裏店に、恒三が若い衆を四人連れて帰って来たのは、夕の七ツ（午後四時頃）を半刻（約一時間）ばかり過ぎた頃であった。

四人は徳松が神森新吾に何やら頼んでいたのを見かけ、これを恒三に注進した一人と、あの日新吾に叩き伏せられていた三人であった。

四人は手に手に酒徳利と、鮮魚の刺身を盛った皿を手にしている。

この辺りは魚市の連中である。おときは酒肴《しゅこう》を調えるのに苦労はないのであるが、どうせそのうち酔った挙句に徳松を罵《のの》しり、間に入ってこの長屋から徳松を連れて行った、西応寺町の裏店の大家をこき下ろしたりするのに決っている。

「帰ったぞ！」

と威勢よく帰って来た恒三を作り笑いで迎えるおときの胸の内は痛かった。

その時であった——。

「おう恒三！　手前よくもまたおっ母さんに手を上げやがったな！」

家の前に来て堂々と喧嘩口上を述べる徳松の姿があった。

「何だとこの野郎……、手前、誰に向かって口を利いてやがるんだ！」

恒三は怒りにまかせて表へとび出し、徳松の胸ぐらを摑んだ。

「手前に言っているんだよ！」

徳松は新吾に教わった技で、恒三が胸ぐらを摑んだ手を捻《ね》じ上げ、ぽんと向こうへ押した。恒三は意外な徳松の身の動きに驚いたが、それがまた癪《しゃく》にさわった。

「味な真似をするじゃねえか。徳松、手前おれに喧嘩を売りに来たのかい」

「おっ母さんを取り返しに来たんだよ」

「腕ずくでか……」

「そういうことだ……」

「こいつはおもしれえ……」

睨み合い対峙《たいじ》する二人の間に、

「何をするんだい、よしておくれよ！」

おときが割って入って恒三に手を合せた。

「この子はまだ十五の半人前なんですよ。腕ずくも何も、まともにお前さんの相手になるわけがないじゃないか。そんなにむきにならないでおくれよ」

「おっ母さんは引っ込んでろ！」

徳松はおときを一喝した。

何とも悲痛な叫びであった。

「おい恒三！　おっ母さんが何と言おうが、おれはお前を許さねえ、腕ずくで連れて行くからそう思え！」

そしてなおも恒三に食ってかかる息子の勢いに、おときは目を丸くして二の句が継げなかった。

「ようし、徳松、そんなにぶち殺されたきゃあ、思う通りにしてやるぜ。こっちへ来な……」

恒三は長屋の井戸端の裏手にある十坪ほどの空き地に向かって歩き出した。

この夫婦が発する叫び声は毎度のことだとはいえ、何やらただならぬ様子に長屋の住人も表へと出て来たが、

「ちょっとした親子喧嘩ですよう……」

と、勇み肌の若い衆に半ば脅されるように家の中へと戻され、

「姐さんもここに居ちゃあいけませんぜ」

と、おときも家の中へと押し込められた。

恒三は徳松を促し空き地へ足を踏み入れ、黙ってこれにつき従う徳松と再び対峙した。

空き地の向こうは板塀で、その手前の井戸は、二棟の長屋に挟まれる格好となっていた。

その片方の長屋の路地に身を潜めて、二人の様子を神森新吾はそうっと見ていた。

四人の若い衆は徳松と恒三を囲む形で四隅に立ち、二人の決闘を薄ら笑いを浮かべながら見ていた。

「徳松、ここまでついてきたことは誉めてやるぜ」

恒三は先日見かけた時に思った通り、徳松がなかなかに腕っ節を身に備えたことを

認めたが、それでも魚河岸では人に知られた男である。余裕の表情を浮かべ貫禄《かんろく》を示した。

――喧嘩をすると決ったら遠慮はいらぬ。まずは先を取るんだ。

徳松の脳裏に神森新吾の声が聞こえてきた。

路地の陰で同じ言葉を新吾は念じていた。

――峡先生を見れば、恒三など何ほどのものでもなかろう。徳松、相手の講釈に気をとられるな。しゃらくせえ！　これだ……。

喧嘩馴れした恒三は、喋《しゃべ》りながらどう戦うか算段をつけているのである。

「今なら手を突いて謝れば許してやるぜ。おれも十五のガキを相手にむきになりたかねえや。それにおれは生さぬ仲とはいえ……」

「しゃらくせえ！」

恒三の喋りを徳松の気合の籠った一声がかき消した。

その刹那《せつな》、徳松の若くしなやかな体はふわりと宙に浮かんだかと思うと、その飛蹴りが恒三の顔面を捉えていた。

「や、野郎……」

恒三はこの衝撃で二間ばかり後退して顔を手で押さえた。

――よし！　いいぞ徳松。

見守る新吾は狂喜した。

恒三は機先を制された。

四人の乾分達が目を見張る中、徳松は習い覚えた拳法ですかさず恒三の腹に突きを入れた。

しかしさすがに喧嘩馴れしている恒三は、近間から殴ってくる徳松を下から蹴り上げ間合を切って体勢を立て直した。

その時、後退《あとじさ》りした徳松の足を乾分の一人が足で引っかけた。

徳松はこれに体勢を崩してよろけた。

「この野郎！」

恒三は徳松の思わぬ攻勢に鼻血を滴らせ、すっかり常軌を逸していた。

本来ならば、

「余計な真似をするんじゃねえ！」

と、手を出した乾分を叱《しか》りつけねばならぬところが、これを幸いとよろけた徳松を左右の拳で殴りつけた。

顔に、脇腹に激痛が走ったが、近間からの打ち合いは神森新吾との稽古で体が覚えている。徳松はさっと回り込んで反撃の拳を繰り出した。

——よし、それだ！

見守る新吾は力強く頷いた。

徳松の攻勢は再び回復し、殴り返され蹴り上げられた恒三はよろよろと後退した。

じっとしていられなくなって家から出て来たおときは、徳松の勇姿に目を丸くした。

「このくそ親父！　お前がおっ母さんにした仕打ちをおれがしてやらあ！」

徳松は退がる恒三になおも殺到して、頬桁《ほおげた》をピシャリと張った。

「徳松……」

母である自分が殴られる様子を目の当りに見て、幼ない徳松がどれだけ傷つき、恨みに思っていたことか——。

惚れた弱みでは済まされぬ子供のやり切れなさを、今となって想い知らされたおときは涙で両眼《め》を腫らした。

「おっ母さんはおれが連れて帰るからそう思え！」

徳松はまたピシャリと張った。

「このガキが……」

恒三は呻《うめ》き声を発すると乾分達に目配せをした。

新吾が懲《こ》らした三人の兄貴格がこれを受けて、

「まあまあ、その辺りで好いじゃあねえか」

と、止めに入る体裁を繕い、徳松を羽交締めにした。そして動きが取れなくなった徳松を恒三は散々に殴りつけた。

「何をしやがる……」

徳松は羽交締めを振りほどいたが、今度は残る三人の乾分達が同様に徳松の体を代る代る押さえにかかり、それを恒三はさらに殴りつけた。

「お前はそれでも男かい！」

日頃はおっとりとしているおときも、これには叫び声をあげて恒三に取り付いた。

「うるせえ！　手前は引っ込んでろ！」

しかし、完全に怒りで我を忘れた恒三は聞く耳持たずに、おときを足蹴《あしげ》にした。

「おっ母さん！」

散々に殴られてぐったりとした徳松は、無念の形相で歯嚙《はが》みした。

——おのれ、許さぬ。

そっと見ていた新吾は、かっかとするな、黙って見ていろと師の峡竜蔵に言われていたが、もう辛抱は出来なかった。

加勢をせんと物陰から飛び出そうとしたその時であった。

新吾が潜む長屋の棟の向かい側にあって、同じく井戸端を挟んでいるもう一棟の陰からさっと人影が現れたかと思うと、

「汚ねえ真似をするんじゃねえや！」

大音声《だいおんじょう》と共に、天狗《てんぐ》が舞うかのような勇壮にして華麗な身のこなしで、恒三の四人の乾分達を殴りつけ、蹴りとばし、たちまち地面に這いつくばらせた。

——先生。

ぽかんと口を開けて見ている徳松とおときと同じく、新吾は嘆息した。

人影は峡竜蔵であった。

竜蔵は怒りに目を吊《つ》り上げて、

「手前、それでも雑魚場の男伊達《だて》か！」

恒三を投げとばし派手に地に叩きつけた。

「手前らこの先徳松に指一本触れやがったら、切り刻んで芝浜から海へばらまいて、鱶《ふか》の餌《えさ》にしてやるから覚悟しろい！」

竜蔵は雄叫《おたけ》びをあげて、恒三を睨みつけた。

恒三は恐怖に顔を歪《ゆが》めながら、

「な、何だお前は……」

「おれは三田二丁目の峡竜蔵だ」

「峡竜蔵……？　あ、あの、馬鹿みてえに強え……」

お見それ致しやした――の言葉も出ずに、恒三はそのまま気を失った。

七

「こいつは好いや！　おもしれえ！」

佐原信濃守は腹を抱えて笑い転げた。

勇壮な喧嘩の話を聞くうちに、すっかりと自分も町の荒くれのような口調になっていた。

話し終えた峡竜蔵は、苦笑いを浮かべている。

――真に竜殿らしい。

眞壁清十郎も堪えきれずに破顔した。

「つまるところ何かい。神森新吾に、かっかとするな。これはお前の喧嘩じゃあねえ、徳松の喧嘩だから、くれぐれも無茶な真似をするなと言った先生が、辛抱出来ずに恒三達を叩き伏せたのかい」

「まったく面目の無いことでござりまする」

「いやあ乙な話だ。神森新吾の剣俠話に始まって、落しどころがこれだとはな……」

信濃守の笑いはなかなか収まらなかった。

徳松を見守りに道場を出た神森新吾のことがどうにも気になり、竜蔵はじっとしていられずに、新吾が徳松を見守るように自らもまた道場を出て、新吾を見守りに入横町の長屋へと出かけた。

やがて始った喧嘩を見て、

――新吾、黙って見守るんだぞ。手前が出ちゃあいけねえぞ。

と念じながらも、徳松の戦いぶりを見るうちに興奮してきて、恒三の乾分が加勢するに及んで、新吾がいることも自分の立場も忘れて飛び出してしまったのである。

「峡竜蔵はそういう男でなければつまらねえよ。まだまだ道場師範でございと、収まってもらいたくはない……」

信濃守は真顔で言った。

「それで徳松はおときを連れて帰ったか」

「はい。汚ねえ真似をして倅を痛めつけた亭主に、おときもさすがに愛想を尽かしまして、そのまま一緒に、元いた西応寺の長屋へ戻って行きました」

「徳松はそれほどまでにたくましゅうなったのじゃ。この先、母親を立派に養っていくであろうよ」

恒三はというと、峡竜蔵に投げとばされて目が覚めたか、それからは魚市での仕事に励み、西応寺町の長屋へ出向いておときと徳松に詫びを入れ、いつかまたおときと縒《よ》りを戻せるように、男の修行をやり直すと誓ったそうな。

「それも、峡竜蔵の功徳だな」

「いえ、すべては神森新吾の俠気によるものでございまする。今度顔を見かけた折は、励ましのお言葉をかけてやって下さりませ……」

竜蔵は深々と頭を下げた。

「うむ、わかった……。道場には二人の弟子が入門した。神森新吾が随分と好い男になった……。さて、ならば最後は先生、おぬしに起った一件を聞くとしようか」

「はい、申し上げます」

「実のところ、先生は何よりもその話をしたかったのであろう」

信濃守はニヤリと笑って眞壁清十郎を見た。

清十郎は畏まって見せた。

竜蔵が何か信濃守に話したいことがあるようだと清十郎は察していて、折を見て取りなそうとしていたのだが、さすがに信濃守はそのことを見破っていたようだ。

清十郎は同意を告げんと威儀を正したのだ。

「畏れ入りまする……」

竜蔵は自分が話し易くなるよう、まず枝葉の話から聞いて座を和ませた、信濃守の配慮に感じ入った。

「実はこの竜蔵、先般、命を狙われましてござりまする……」

「何だと……」

信濃守は、知っていたかと清十郎を見たが清十郎も初耳で、神妙に頭《かぶり》を振った。

「剣客が命を狙われることなど、さのみ珍しゅうはござりませぬが、ちと気になる者が絵を画《か》いていたようにて、これはひとまずお殿様のお耳にと、存じまして……」

峡竜蔵は、過日押上の宇兵衛に自分の殺しを依頼した者が、高家《こうけ》を務める大原備後守の異母弟・笠原監物であったことを打ち明けた。

「笠原監物……」

信濃守の表情がみる間に険しくなった。

信濃守は大原備後守を毛嫌いしている。

世間には認めていない異母弟を使い、〝文武堂〟なる怪し気な私塾を開いて不当に金を稼ぎ、その財力をもって柳営《りゅうえい》に人脈を広げ専横をほしいままにする――虫酸が走るほどにわかりきったことを企む備後守に腹を立て、竜蔵が清十郎と〝文武堂〟に殴り込んだ時の後押しをしたほどであった。

その後、笠原監物は塾を畳んで姿をくらまし、関与を疑われた備後守は、信濃守にくどくどと言い訳をして、以後すっかりと大人しくなった。

しかし、大原備後守は自分を押さえつける大目付・佐原信濃守を憎悪していたのであろう。

密《ひそ》かに笠原監物を操り、日頃信濃守が目をかけている峡竜蔵を闇に葬り、意趣返しを企んでいたとも考えられる。

つまり、いつか佐原信濃守を打ち崩すにあたって、腕の立つ剣客・峡竜蔵が佐原家の剣術指南であることが何かと不便をもたらすのではないかと、その命を狙ったのではなかったか。

となると、この先もお気に入りの峡竜蔵へ、果し合いの名の下に剣客を次々に放ってくる恐れもある。

「大原め……。ふざけたことをしやがって！」

今度は信濃守が熱くなった。

「お殿様……、くれぐれもかっかとして、無茶をなされませぬように……」

竜蔵はにこやかに信濃守を諫《いさ》めた。

その笑顔を見ると怒る気も失《う》せ、

「はッ、はッ……、その通りよの……」

信濃守は苦笑いの体《てい》で旗本五千石の威厳を取り戻した。

佐原家に関わったことで、剣客を差し向けられるやも知れぬという危機も何のその。

実に泰然自若たる峡竜蔵と酌み交す今日の酒はうまかった。

「はッ、はッ、すぐ頭に血が昇る若い頃の癖はなかなか直らぬようじゃ。うむ、無茶をしてはなるまいな」

「ははッ」

「だが先生、そいつをお前に言われたかあねえよ……」

「はあ……。それは確かに……」

首を傾《かし》げる竜蔵を見て、信濃守は腹に一物《いちもつ》持ちながらも、豪快に笑った。

つられて竜蔵も笑う。

一人、眞壁清十郎はいつもの彼らしく、大原備後守と笠原監物の不気味な動きにあれこれと思いを巡らせていた。

新たに二人の弟子を加え、緩やかではあるが着実に発展を遂げつつある峡道場に漂い始めた暗雲――。

同時にそれは主君・佐原信濃守の地位を脅かしかねぬ嵐《あらし》の予感を思わせることでもあった。

しかし、峡竜蔵の豪放磊落《ごうほうらいらく》は信濃守の気性と重なり合って、そんな清十郎の不安を吹き散らす天風となり、力強い明日への希望の光をもたらしている。

今年も早や暮れた。外には粉雪がちらつき冬の空に煌《きら》めいている。

剣客・峡竜蔵は、またひとつ歳を重ねようとしていた。

本書は、ハルキ文庫（時代小説文庫）の書き下ろしです。

時代小説文庫
お 13-6

返《かえ》り討《う》ち 剣客太平記《けんかくたいへいき》

著者 岡本《おかもと》さとる

2013年1月18日第一刷発行

発行者 角川春樹

発行所 株式会社 角川春樹事務所
〒102-0074 東京都千代田区九段南2-1-30 イタリア文化会館

電話 03(3263)5247[編集] 03(3263)5881[営業]

印刷・製本 中央精版印刷株式会社

フォーマット・デザイン& シンボルマーク 芦澤泰偉

ISBN978-4-7584-3711-0 C0193
http://www.kadokawaharuki.co.jp/[営業]
fanmail@kadokawaharuki.co.jp[編集] ご意見・ご感想をお寄せください。

岡本さとるの本

剣客太平記

剛剣で無敵を誇りながらも、破天荒であった亡き父の剣才を受け継ぐ峡竜蔵は、三田で直心影流の道場を構えていた。だが、門弟はひとりもおらず、喧嘩の仲裁で糊口を凌ぐ日々。そんななか竹中庄太夫と名乗る中年男は、頼りない風貌ながらも、竜蔵が驚くほどの熱意で入門を迫り、翌日には入門希望の男女を連れてくるのだった。殺された兄の敵を討ちたいという男の切なる願いに、竜蔵は剣術指南を引き受けるが――（「第一話　夫婦敵討ち」より）。竜蔵の真っ直ぐな心が周囲に優しい風を起こす。書き下ろし時代長篇。

岡本さとるの本

夜鳴き蟬

剣客太平記

蟬の鳴き声が響く夜。三田に剣術道場を構える峡竜蔵は、武士と浪人風の男の凄まじい斬り合いに遭遇する。仲裁に入ったものの、浪人の剣技は竜蔵さえも圧倒するものだった。数日後、大目付・佐原信濃守康秀の屋敷へ指南役として赴いた竜蔵は、そこで佐原の側用人・眞壁清十郎と再会し、親交を深める。そんななか、密命を帯びて出かける清十郎の後をつけた竜蔵は、そこで先の凄腕の浪人と遭遇し……(「第一話　夜鳴き蟬」より)。人々への優しさを胸に、剣の道を歩む男の姿を描く傑作時代小説、シリーズ第二弾。

時代小説文庫

岡本さとるの本

いもうと

剣客太平記

三田で剣術道場を構える峡竜蔵は、馴染みの店に立ち寄り、弟子やお才たちと名残の桜を楽しんでいた。その帰り道、以前竜蔵が窮地を救った女易者のお辰に偶然再会する。だが、久しぶりに会ったお辰は、竜蔵に意味ありげな言葉を投げかけ、その日以降、頻繁に姿を見せるようになる。そんなある日、お辰は自分が竜蔵の亡き父・虎蔵の娘であると告白するのだった。周囲が動揺するなか、お辰に危機が――(「第二話　いもうと」より)。竜蔵が巻き起こす風が人々を優しく包む、シリーズ第三弾。

岡本さとるの本

喧嘩名人

剣客太平記

立春を迎えたある日、峡竜蔵は口入屋と金貸し両一家の喧嘩の仲裁を頼まれ、誰も傷つけることなく間を取り持った。その雄姿に感服した若者が見世物小屋の親方・清兵衛を通じて、竜蔵に相談を持ち込んできた。彼の名は万吉といい、芝界隈で荒くれを仕切る、駕籠屋の後継ぎだった。しかし、代々続く侠客の家系に生まれ、体格と風貌に恵まれながらも、いつ売られるかわからない喧嘩が恐いという。喧嘩強者と思われてきた万吉が抱える秘密とは——。竜蔵が真の男の強さを問う！　シリーズ第五弾。